SV

Volker Braun

Das unbesetzte Gebiet
Im schwarzen Berg

Suhrkamp

Erste Auflage 2004

Druck: Nomos Verlagsgesellschaft, Baden-Baden
Printed in Germany
ISBN 3-518-41634-0

1 2 3 4 5 6 – 09 08 07 06 05 04

Das unbesetzte Gebiet

Der entscheidende Augenblick der menschlichen Entwicklung ist immerwährend. Darum sind die revolutionären geistigen Bewegungen, welche alles Frühere für nichtig erklären, im Recht, denn es ist noch nichts geschehen.

Franz Kafka

Wenn ich eine Geschichte erleben wollte, und sie machen wollte, weil sie sich im *eigenen Gebiet* ereignet, in einem Land, wo keine fremde Macht herrscht – und niemand bestimmt darin, als die sich um sich selber kümmern –, dann ist es die des *Niemandslands* am Ende des 2. Weltkriegs; aber diese Geschichte ist gelaufen und vorbei; und es bleibt, um dabei zu sein, davon zu erzählen.

Die herrschaftslose Zeit im unbesetzten Gebiet Schwarzenberg endete nach zweiundvierzig Tagen mit dem Einzug der Roten Armee und der gewollten Unterwerfung der Bevölkerung unter die neue Ordnung, die sie versorgen und verwalten würde. Und nichts blieb ihr von der kurzen Epoche im Gedächtnis, von der Lust der Selbstbestimmung, dem Rausch der Gerechtigkeit, und sie vergaß diese Angst, diese Freiheit bei allem Anderswerden und wollte nicht mehr wissen, was für sie das Beste war.

Im April 1945 griff der Krieg nach dem jungen Jahrgang 29. Wolfgang, der Sohn eines Blechhändlers in Beierfeld, wurde nach der Musterung, wegen eines steifen Beins, nicht eingezogen. Durch diese Zurückstellung verlor er an Achtung bei den Mädchen, und er fürchtete, die, die er heimlich liebte, nie zu erringen.

Sie war groß und schön und warf, wenn sie lachte, ihr volles blondes Haar zurück, und der Feind war bis Zwickau vorgestoßen. Goldhan Dieter, der letzte Scharführer, der keine Mannschaft mehr hatte, nahm Wolfgang zu seinem Gefolge, und der Ortsgruppenleiter Hänel, der nun, mit dem Volkssturm, den Abwehrkampf führen sollte, beauftragte die Buben, ihm als Melder zu dienen. Hänel trank im Wachlokal aus einer Flasche Schnaps. *Kießling*, sagte er und blies ihm den Atem ins Gesicht. *Jetzt war er ein Mann.* – Er sah die Mädchen, es war keine Schule mehr, nach wenigen Tagen wieder. Sie kamen mit ihrem Klöppelzeug die Sonnenleithe herunter. Kießling hielt, mit durchgedrücktem Kreuz, eine Panzerfaust unterm Arm. Die Angebetete drehte sich nach ihm um; er sah es, und ein Freudeschauer durchfuhr ihn.

Die Wanderung. Sie brachen, ihrer 800, um 20 Uhr in Lengenfeld auf. Es würde eine Nachtwanderung werden, aber noch sahn sie die liebliche Landschaft. Sie marschierten drauflos in der kühlen gesunden Luft, und bis Rodewisch, 21 Uhr, waren vier hin. Sie hatten entschlossene Begleiter, die vorn und hinten fest ausschritten. Da hieß es mithalten und nicht vom Weg abkommen. Es war eben die rechte Zeit, das frische Grün an den Bäumen, die leuchtenden Krokuswiesen. Bis Wernesgrün, wo man sich 23 Uhr eine Verschnaufpause gönnte, waren vier weitere tot. Sternklare Nacht, ein ideales Wandern, könnte man meinen, die typischen bewaldeten Bergrücken boten sich geradezu an. So ging es lautlos voran, der Atem war allerdings heftig zu hören. Am Morgen des 14. rasteten sie auf dem Turnplatz in Schönheide, hier wurden zwei erschossen. Andere Ausflügler, 700 aus Zwickau Osterstein, kamen dazu, in ihren leichten auffälligen Kleidern in die Sommerfrische geschickt. Aufmerksame Bewohner reichten ihnen was für den ersten Hunger, wurden aber abgedrängt, und keiner wollte zulangen. Der 15. war ein herrlicher Tag, sie zogen in den tiefen Tälern durch Fichtenwälder und ließen sich am Vormittag ein wenig rasch durch Eibenstock treiben. Von Schönheide bis Eibenstock 23, von Eibenstock bis Wildenthal 19. Die aufregenden kleinen Kirchen. *Ich hört ein Bächlein rauschen* ... Nun also den Erzgebirgskamm hinauf! In Johanngeorgenstadt wurde genächtigt, reizvolle Lage (ein Außenlager), und 294 von der besorgten SS als krank registriert. Es tagte wieder, und 50 wurden hingemacht und am Bahndamm verwahrt. Die übrigen aber, Unermüdlichen über die böhmische Grenze gejagt: *wo sich,* heißts, *ihre Spur zunächst verlor*

Scheibenberger Schaukasten. Wenn man die Straße heraufkam, es war kein Durchkommen, lag der Markt überflutet, eine Menschenmenge wie aus der Erde geworfen. Ein vollgestopftes Karree, Flüchtlinge, Soldaten, Tiere. Annelies, an der Hand der Mutter, blickte in das Durchenanner, das festgefahrne Gewimmel an die Häuserwände gepreßt, nur in der Mitte bewegte sich der Troß, Gespanne, Lastwagen ohne Führerhaus,

Volkssturmleute, rückgeführte Gefangene, die sich durchschlugen. Aber kein ungeheurer Lärm, der das Bild hätte begreifen lassen; sie sah in einen dampfenden Guckkasten, blaugefrorene Männel, taumelnd vor Hunger, aus einem Volkspfuschmuseum: ein mechanischer Heimatberg von erschreckenden Ausmaßen, angetrieben von was für einer riesigen Kurbel. Oder die Bergparade in abgerissenen Kleidern und Uniformen mit echten Gewehren, holzgeschnitzte Figuren, die die Kinnladen bewegten und irgendein Gras oder Leder malmten. Das lagerte auf dem Pflaster oder zerteilte sich plötzlich, auf welches Kommando, und strömte in alle Richtungen weg und rieselte wieder herein in die leergeräumten Läden, und junge Mütter plärrten gegen die Türen. Was war hier geschehn, was hatten sie gemacht in ihrer vom Krieg verschonten Stadt, daß sie nun alles Unglück durchfuhr, und ihnen das Elend in den Knochen saß wie die Winterkälte, und alles steckte hier fest; es war hier zuende

Die Panzersperre an der Elterleiner Straße war über Nacht verschwunden, die gefällten Bäume, noch nicht eingegraben, hatten sich wohl aufgerichtet und hinwegbegeben, in Begleitung von mehreren Personen. Es war *Sabotage*. – Als an der Grünhainer der Ortsgruppenleiter, im zivilen Leben Prokurist, die Schanzarbeiten kontrollierte, liefen Weiber aus den umliegenden Häusern und drohten, ihn umzubringen, wenn er die Barrikade nich wegnehme. Die Arbeiter, Kommunisten (Lötzsch aus der Zinnerei) und andere Unwürdige, machten keine Anstalten, ihm beim Leben zu helfen, aber er konnte die Megären abschütteln mit der Behauptung: er werde die Straße sowieso aufmachen, wenn der deutsche Gegenangriff kommt. – An einem der letzten Apriltage bekam der Volkssturmmann Mehlhorn die Weisung, die Panzersperre an der Eibenstocker Straße zu öffnen. Das waren 100 Kubikmeter Holz und Blech, die er verteidigte. Das gab Mehlhorn Johannes natürlich zu denken. Was kam jetzt? Wem sollte er Platz machen? Dem Russen oder Amerikaner, dem Amerikaner oder Russen? Das war ja eine entscheidende Frage, auf die einem keiner Antwort gab. Am Vormittag rasten zwei Jeeps der Army die Straße herunter, als sie vorbei waren, wurde Mehlhorn schwach in den Knien. Es sollen Offiziere gewesen sein, die beim Dr. Rietzsch am Rathaus gehalten haben. Nachts hob er, vom Fernlicht erfaßt, reflexartig den Arm, und stand dann ganz bleich; se sinn wieder weg. In der Zeitung stand (28. 4.) ein Aufruf des Generalfeldmarschalls Schörner: *Greift an aus jeder Lage! Seid vor allem aber rücksichtslos gegen die eigene Schwäche, gegen Müdgewordene und Laurige: packt sie an wie jeden anderen Feind; denn diese Schwachen sind heute unser Feind Nr. 1.* War Mehlhorn sein Feind? Nun war die Spannung ähmd riesengroß.

Irmischs Gang. Am 8. Mai 1945 23 Uhr 01 kapitulierte das Deutsche Reich. Hier beginne ich die Geschichte, und halte mich an Irmisch, seit 1920 in der

KPD, früherer Stadtverordneter, jetzt Fabrikarbeiter. Er ging noch am 9. Mai auf Arbeit, aber am Schichtschluß erklärte er: Morgen seht ihr mich nich. Am 10. machte er nichts weiter, als durch die Stadt zu laufen. (Ich folge ihm.) In der Oberstadt alles unverändert. Die Gassen, die Läden brüsteten sich in der Sonne. Er stieg über den Markt, er fror. Im Ratskeller harrte das Kampfkommando aus. Der Kreisleiter Häntzschel trat das Pflaster, hatte nur grade das braune Hemd gewechselt. Mutschmann, hieß es, saß bei Krauß in der Villa (in der *Volksbadewanne,* wie). Bürgermeister Rietzsch noch im Amt. Fremdarbeiter, tschechische Studenten, lümmelten im Neidhardt. *Es war noch alles da,* und bewegte sich, ohne sich des Unsinns gewahr zu werden; nur er war im Panoptikum, und ein Lachen würgte ihn. – Es war ein klarer Tag. Kein Lüftchen regte sich. Natürlich stand das vollkommene Chaos bevor. Irmisch Willy, in Wildenau unten: Meingott. Ich muß doch irgendeen finden. (Oder ich.) Es muß irgendewas geschehn. *Es geschah nichts.*

Am 11. Mai zur Kaffeezeit trafen sich zwei Handvoll Arbeiter im Wald von Bermsgrün. Irmisch war am Morgen vorm Aufstehn zu Krause Willy nach Sachsenfeld gegangen, hatte ihm den Stock ans Bett gebracht und die Lage besprochen. Sie waren *besiecht,* und werden besetzt, dann sind sie befreit. – Das begreifen nur wir zwei. Krause hatte nicht Lust ohne dritten Mann, und hat es noch Sinn was zu tun, *morgen sinn se da*. So war Irmisch zur Pabst Helene gelaufen und hatte sie aus dem Waschhaus gerufen. Er hatte in ihrer Küche gesessen, der war, sagte sie, *nicht nur blaß, der war grün.* Sie hatte ihn mit einer Schnitte versorgt und war also mit zu Krause gekommen; während Schlemmer Hermann, der Irmisch nicht zuhause angetroffen hatte, gleichfalls in Krauses Wohnung erschienen war. Als die Genossen den Sozialdemokraten hereintreten sahen, war ihnen plötzlich klar gewesen, daß sie handeln würden, so wie man das Blatt aufnimmt und eine Farbe sagt. *Ramsch,* hatte Schlemmer gesagt, wir räumen off. – Ob aus Schwarzenberg oder Bermsgrün der Anstoß kam, weiß man nicht. – Sie schlichen den Berg hinauf auf getrennten Wegen, ein wenig geduckt, sah Irmisch: das Fähnlein der Aufrechten. *Mehr als 15 warn mer nich.* Was hatten sie für Karten. Sie waren im Zuchthaus gewesen und (Schlemmer) gefoltert worden und wieder herausgekommen, Hochverräter (Krause), die sich still verhielten, überwacht, er, vom SS-Mann Reichel gechnüber, bis auch er kriegswichtige Arbeit gefunden hatte. Nicht daß sich einer zur Wehr gesetzt hätte. Die illegale Arbeit Pilzesammeln, um ein paar Worte zu wechseln. Sie hatten die Zeit überleben wollen und die letzten Tage, *damit se uns nich noch erledchen,* nicht zuhause geschlafen. Sie hatten nicht gekämpft. Sie trugen, und das wußten sie, an dem unsichtbaren Makel; etwas Dunkles, etwas wie Scham begleitete sie, und eine verstohlene Lust, sie loszuwerden. Sie mußten aus ihrem unauffälligen Dasein treten und sich, so lange in Schweigen gehüllt, ein gefährliches Aussehen geben. Jetzt waren sie an der Reihe, und aufgerufen, aus der großen Zahl. Sie hasteten durch das knackende Holz und stolperten über weggeworfene Helme. Sie hielten hundert Schritte vor dem Arbeiterheim (der Folterstätte). Krause stellte, auf den Stock gestützt, und röchelnd Atem ziehnd, zwei Fragen. *Macht ihr mit?* – Ja. – Und die zweite: *Was mach mer?* – Sie hatten nicht viele Worte parat. Korb Paul sagte präzise: *Wir haun los.* – Waffen, sagte Schlemmer. Er habe vierzehn Pistolen vergraben, im Hilfslazarett gegen Zigaretten getauscht, und einen Karabiner. Korb blähte beifällig die Backen. Es fiel ihnen aber ein, daß sie nur auf den Boden langen mußten, um sich auszurüsten. Sie waren im deutschen Wald. – Es hielt sie nicht länger als eine halbe Stunde, dann machten sie kehrt in die Stadt.

Hier teilten sie sich, um jeder in seinem Viertel Verstärkung zu holen. Korb *übernahm* die Drehe an der Bergstraße, wo er nich suchen mußte. Er ging gleich zum ersten Häusel, in dem ein Arbeiter wohnte, der sich nicht bereden ließ. Auch an der zweiten Tür wurde er abgewiesen, das war kein Genosse, aber off den hatte er immer gezählt; und Paul fiel das Herz in die Hose. Er rannte von Haus zu Haus, und seine *ganze Unterhaltung war:* Nimmst du die Waffe. Halb zehne an der Terrasse. Er hatte den ganzen Tag nichts gegessen, die Pistole hatte er *immer schon einstecken,* aber ans Essen nich gedacht, und er wischte nochmal nachhause, um sich ein Ränftl zu nehmen. Halb zehn waren vierzig Mann, wie zur Spätschicht, versammelt, aber irgendein Wort, das gefallen war, trieb sie vom

Markt die Bahnhofstraße hinunter. Sie kamen vors Rathaus, und Korb erblickte den Bürgermeister in der Wache umringt, von einem Häuflein, das er *die Bürgerwehr* nannte. Sie hatten Jagdgewehre. Sieh an, die Bürgerlichen, besseren Leute waren nicht faul (Nazis darunter), aber Korb hörte Krauses harte Stimme: Zum Schutz? Was hast du denn *zum Schutz der Stadt* getan? – Die Arbeiter, die mit Krause gekommen waren, hatten schon begonnen, dem Pack die Waffen zu entreißen. *Doktor Rietzsch*, sagte Krause (der bis 1933 Stadtrat war), du hast mich hier einmal hinausgeschmissen, ich bitte jetzt Sie, das Amt zu verlassen. – Das werde ich leider nicht, erwiderte Rietzsch, denn ich warte auf Anweisungen. – Von wem denn? rief Krause. Von der Regierung? Und gemein, wie wenn er einen Witz zu erzählen hätte: Es ist keine mehr da. – Rietzsch nickte bleich und hielt die Hand auf dem Telefon; er schien den Humor der Stunde zu kosten, nur seinerseits nicht zum Scherzen bereit. Er richtete sich hoch auf, und hauchte: Hinaus. – Da schlug Krause seinen Stock auf den Tisch und erklärte: Hier is Schluß. Hier bestimm wir. Und sofort, als wäre ein wahres Wort gesprochen, schlich Rietzsch, aber man half ihm auch, vom Hof, und Schlemmer schickte die Schießbürger nachhause. – Jetzt waren die Tapferen übrig, aber draußen dunkelte es unheimlich. Sie mußten sich bemerkbar machen. Am Bahnhof, im Telegraphenamt. Im »Felsenkeller«. Kaffee Barthel. Die Schule in Neuwelt. Schlemmer, der militärische Fähigkeiten hatte (s. die Pistolen), wurde zum Polizeier gemacht, und Korb, der sich auch meldete und ganz wild darauf war, in dasselbe Ressort getan. Um aber nicht im Wege zu stehn, bot er an, auf Patrouille zu gehen. Er übernahm das Kommando auf dem LKW, den Richter Kurt gegen 23 Uhr brachte, um die Verbindung mit den Wachen zu halten und *es den Elementen,* wie er sagte, *zu zeigen.* Auf dem Lastwagen fanden zehn magere Leute Platz, ein Maschinengewehr und Leuchtpistolen. Sie fuhren die ganze Nacht durch die Stadt. Einmal so herum, einmal anders herum, durch das Obere Tor, dann übers Untere Tor auf den Markt, und den Schulberg nauf und den Rösselberg nunter, in die Vorstadt, die Neustadt, nach Neuwelt hinaus und nach Wildenau nüber, und wieder unter dem Totenstein lang, wo sie Verdächtige stellten. Die warfen sich, als Korb eine Leuchtkugel schoß, mit Sack und Brecheisen in die Büsche. Und in scharfem Tempo xmal die Biege vorm Schloß, in der sie sich blökend ans Wagendeck krallten, und die weißen Patronen krachten, *daß Ruhe war.* Das war ihr Recht der ersten Nacht.

Lagerfeuer. Das Gelände war mit Stacheldraht umzäunt, und gut 2000 hatten für lange eine Heimstatt. Es stand nun aber eine Veränderung bevor, die die schlimmste oder beste Wendung bringen konnte. Es waren einige nachts durch das Schwarzwasser gewatet und hatten sich Knarren verschafft und gestern, mit der Bürgerwehr, schon mal das Schießen probiert. Gleich hatten sich auch Gruppen gebildet, die sich selbständig machen und auf eigene Faust arbeiten wollten: plündern, rauben, das war ihre zwanghafte, ihre *Fremdarbeit.* Sie hatten sich die Nacht, als sie die Leuchtkugeln sahen, nicht herausgetraut, aber gleichwohl keine Ruhe gefunden, denn sie konnten sich, in so vielen Sprachen, nicht erklären, was vor sich ging. In der Mitte des Lagers brannte ein großes Feuer, das die Polen oder Russen mit verlassenen Bettgestellen und faulen Matratzen heizten. Die schwankenden, oder tanzenden Körper warfen Schatten in den Schlamm und junge Frauen entblößten die Brüste am Zaun. Es war ein *Hexenkessel.* – Früh gegen fünf fuhr ein LKW an der Roten Mühle vorbei und hielt aber abseits, und drei Emissäre traten zögernd ins Tor. Sie trugen keine Uniform, aber Maschinenpistolen vor der Brust. Alles erstarrte, und wandte sich, in feindseligster Erwartung, den Eindringlingen zu. Auch die Kinder, die im Gedränge nichts sahen, bewegten sich nicht. Ein Franzose, der sich, den Oberkörper in einen Bottich gebeugt, gewaschen hatte, vergaß sich abzutrocknen in der Kälte. Die Abordnung *empfing eisiges Schweigen.* Korb, den Arm mit der weißen Binde vorgewinkelt, machte einen Schritt nach vorn und verlangte den Lagerleiter zu sprechen. Das war ein Deutscher, dem er den Befehl gab, alle Dolmetscher herzubitten. Es kamen sechs oder sieben, die, die Köpfe vorgebeugt, den hastigen Worten folgten. Alle Debordierten, hörten sie den Unbeholfenen sagen, seien befreit, und würden alsbald transportiert werden. Sie sollten sich, die Klassenbrüder, solange als solche aufführen und versorgt wie jeder Mensch werden! Wenn sie aber Rache nehm wollten oder Aktionen gegen sie anzetteln, müßte man – und Korb wischte sich über die Augen – mit Gewalt daroff antworten. Das sollten sie ihren Leuten bekanntgeben. – Währenddessen dauerte die bedenkliche Stille an, und die ungeheure Unterredung lief in die Menge. Bis die, wie aus einem einzigen zusammengepreßten Leib, den Atem ausstieß, und die Arme hebend ins Taumeln kam und sich Dutzende, wie sie beieinander waren, umarmten. Ihr Jubel sprang mit einem Satz über den Graben. Korb und seine zwei Begleiter, die entsetzt zugesehn hatten, standen freudeschlotternd.

Früh um 7 Uhr waren die Nasen wieder im Rathaus zusammen. Krause, Irmisch, Lene, Schlemmer, Korb und Schieck sahn sich begeistert an. Das Rathaus war aber, zu ihrer Verwunderung, völlig leer. Kein Pförtner, kein Mensch, kein Abteilungsleiter zu finden. Sie gingen verlegen durch die Gänge, auch keine Reinemachfrau ließ sich blicken. Sie mußten sich freilich sagen, daß sie heut nacht alles herausgekehrt hatten. Sie hatten, schien es, ein Machtwort gesprochen. Sie flüchteten sich in Rietzschs großes Zimmer, um fürs erste Platz zu nehmen. Sie hatten sich, tatsächlich, *durchgesetzt* (und drückten sich in die tiefen Sessel). Nun müßten sie sich, sagte Schlemmer, konstituieren. Das Wort spürten sie regelrecht in den Knochen, und räkelten sich ein wenig; was immer es bedeutete, jetzt wären sie wer. Aber wer denn, wer kam in Frage? Sie wurden, als sie so brüteten, gewahr, daß sich die Frage nicht stellte: jedenfalls heute nicht mehr, nachdem sie gestern schon, bei der Aktion im Wald, zusammengewesen waren. Sie waren also, ohne rätseln zu müssen, der *Aktionsausschuß*. Da trat Dr. Rietzsch, der über der Straße wohnte, in sein Büro, um ein paar Dinge *in Ordnung zu bringen*. Das stimmte nun Krause, der am Schreibtisch saß, heiter, und er teilte mit: Hier ist die antifaschistische Ordnung. Rietzsch, seit zwanzig Jahren im Amt (gewesen): glaubte es oder nahm ihnen nicht den Glauben. Er wollte wiederkommen, wenn man des Bürgermeisters bedürfe. – Hm, sagte dann Irmisch gespannt, und wer ist der Bürgermeister? Sie kamen nach Hin und Her auf ihn. Krause der Vorsitzende im Ausschuß, Schlemmer und Korb Ordnung und Sicherheit. Schieck der Jüngere zur besonderen Verwendung. Helene Pabst, die, weil keine hübsche Sekretärin hereinkam, Kaffee kochte, wurde das übrige aufgetragen, Versorgung. Es gab, das fiel auf, keine Gegenstimmen. – Aber sie waren ja unter sich. – Es war nur der Landrat Hänichen noch eine Größe, vor der sie zuckten. Der hatte seinerseits seine *Belasteten* entlassen, weil *Schramm*, sagte er grinsend, der Mohikaner der Landesregierung, aus Oberwiesenthal! rief er verzweifelt grienend, ihm freigestellt habe *zu handeln*. Das wäre nun *seine* Sache, und niemandes Ding. Sie lachten mit ihm eine Weile, und beruhigten ihn ultimativ, er solle nur einfach sein Stempelchen nehmen und ihre Ohnmacht bestätigen. – Auch das geschah. Nie war dergleichen geschehn, daß es nach niemandem ging. – Es hatte sie niemand gerufen, und niemand ernannt. Sie waren im Niemandsland.

Das Naturtheater von Schwarzenberg. In der zweiten Nacht hatten sie spitzbekommen, daß sich die Kreisleitung verdünnisierte. Sie sollte sich in der Naturbühne eingenistet haben. Korb Paul stellte seine Truppe zusammen für einen großen Auftritt; die Requisiten auf dem Wagen, mit dem sie den Berg hochkachelten. Der Schuster Stocklöw war mit aufgesprungen, weil Blechschmidt bei der Bahn, weil se nicht kam, nich abkömmlich war. Es wär keine Kunst, behauptete Korb, die Hunde festzunehmen: das Spiel sei aus. Das Theater lag in einem aufgelassenen Steinbruch. Korb ließ die Eingänge besetzen und stürmte mit den andern hinein und, das war nun seine Vorstellung, ballerte in den *Saal.* Ein ungeheurer Hall, aber niemand zeigte sich, die Nazis hatten Lunte gerochen. Man kannte die Komödianten, sie würden sich feige versteckt haben und aus dem Hinterhalt starren. Stocklöw sah sich ängstlich um. Das Areal glich einer Festung, mit den Bruchsteinmauern und Laufgräben, zwei mannshohen Türmchen mit Sehschlitzen für den Souffleur oder Scharfschützen. An zwei Seiten stieg die Felsenwand auf, an der Sträucher hafteten und kleine Stege, über die man entkommen konnte. Unter den Füßen Bohlen, da wars hohl. Waren sie in die Falle gegangen? Da entdeckte Stocklöw ein Grüppchen, das sich hinten an die Kulisse drängte, einer im weißen Kleid mit goldenen Streifen und zwei oder drei wie Landsknechte verkleidet. Als Korb, die Pistole schwenkend, hinlief und sie greifen wollte, waren es lauter Kostüme, am Geländer aufgehängt. Er sah bedeppert drein und stotterte: Die wolln uns foppen. Es lagen auch Theaterzettel herum, von einer KOMÖDIE DER IRRUNGEN, und ein Plakat schwamm direkt im Wege: WALLENSTEINS LAGER. Ja, so sahs aus! aufgebrochene Kisten, Reste von Proviant, Benzinfässer, Unrat. Stocklöw Amand stand verloren auf der Bühne und hatte kein Textbuch zur Hand. Sie waren Dilettanten, zum Glück vor keem Publikum, und kein Applaus war zu ernten. Doch es würde kommen, das gebildete Tum, das zuschauen und absahnen wollte. Korb würde es nich beeindrukken mit sein Platzpatronen, aber es würde nicht von den Plätzen weichen. Der konnte nur Räuber und Gendarm. – Dann sah er Löffler Kurt, mit einer weißen Perücke betan, und Korb Paul hatte eine Krone ergriffen. Stocklöw schüttelte den Kopf, aber ein Lachen überkam ihn und kitzelte ihn. Sie hatten die Rollen besetzt, sie waren die Könige, Herrn, jetzt konnten sie spielen. Sie waren die Darsteller hier. Und er fühlte einen Moment die Verlockung, die Freiheit, die Pflicht, es allen zu zeigen, und recht zu machen und sie zu ergötzen, mit einer Aufführung, die man nie sah, und von der man erzählen würde hinter den Bergen und Wäldern.

Unterdessen übte sich die Masse in ihrem Fach: zu *warten.* Das hatte sie gelernt, und unterhielt sie, und machte nichtsdestoweniger Mühe. Sie wartete auf die *Besetzung.* Es war kein frohes, es war ein banges Harren, auf ein unausweichliches, hartes Ereignis, den schrecklichen Schluß; nur unbegreiflich, daß es nicht eintrat. Hatte man sie vergessen? Die Amerikaner waren nach Aue, nach Schneeberg hineingefahren, aber wieder aus dem Blickfeld verschwunden. Die Russen hielten in Annaberg an, und höchstens bis Schlettau zogen die Postenketten. Zu ihnen kamen sie nicht. Der große Heerwurm war vor dem Erzgebirge in Schlaf gefallen in seinem Schuppenpanzer aus Shermans und T 34. Den letzten steinigen Brocken verschmähte er. Was sollte jetzt wern? Man gehörte zu garniemandem. Fleischer Körner machte das letzte Hackfleisch und sah dem Nichts entgegen. – Er war auch ganz schlapp. Er war so lange mitgeloofen, nun waren die Beine müde. *Man war halt ähmd wie gelähmt.* Und die ganz Gewaltigen hatten garnichte mehr zu melden. Da waren aber ein paar Verrecker, die nicht warten wollten. Das waren Leute, die sich off eemal wichtig nahmen. Die standen auf der Straße, Morgenluft wittern. Kommunisten, die konnten nischt. Mit denen legte man sich nicht an. Er hatte ja nichts dagegen, daß wer in die Bresche sprang. Da hat man das erstemal hingenommen. Die konnten nicht warten; aber waren nicht vom Fach.

Korbs Kommando war unverrichteter Dinge aus dem Deater gekommen und griff nun Nebenpersonen und stadtbekannte Statisten auf. Sie wurden in den Turm gebracht. Einige von der alten Polizei, die sich in dem Gemäuer auskannten, waren den Hilfspolizisten zu Diensten (Klinghammer *konnte sehr gut verhören).* SA-Sturmführer Nestler, Körners Schwiegersohn, fragte Irmisch: Was macht ihr denn nu mit uns? – Irmisch:

Wir machen es nich wie ihr. Wir machen uns die Finger nicht dreckich. – Wie hätten sie es auch anfangen sollen? Sie konnten sie nicht salzen und fressen. – In den umliegenden Orten hatte man auch mobilgemacht, jedoch als es ernst wurde, hat dann *oft der Mut gefehlt*. Die Raschauer hatten vor, das Wehrertüchtigungslager, in Gottesgeschick! aufzulösen, wo die Vierzehn- und Fünfzehnjährigen noch gedrillt wurden, aber der Bürgermeister Gärtner hatte sich außerstande gesehn ohne vorgesetzte Befehle, und als sie die Bevölkerung vors Rathaus bestellten, um ihm seine Ablösung vorzusingen, war keiner erschienen und Gärtner wollte erst seine Pensionsansprüche geregelt wissen, und als Zellwege und Bach zum Landrat Hänichen gegangen waren und Max Weber getroffen hatten, hatte der versprochen mitzugehen, war aber unterwegs wieder ausgekniffen usw. In Grünhain der hatte sich, vor der Verhaftung, die Pulsadern aufgeschnitten. – Jeder Ort, sah man also, war seine eigene Republik, die keine Gremien außerhalb über sich wußte; aber innerhalb, hörte man, war kein Herauskommen. Die ganze Amtshauptmannschaft war an den Grenzen hermetisch abgeriegelt. Nur wo die Grenzen nun waren, war nicht bekannt, weil kein Durchkommen war bei Lebensgefahr. Sie waren schon im letzten Kriegsjahr so ein ausgespartes Stück Deutschland gewesen; jetzt war Schwarzenberg ein zugebundener Sack. In dem aber, nur in der Stadt, dreitausend Verschleppte steckten, tausend Verwundete in den Schulen, und zigtausende Flüchtlinge, wie sollte man die versorgen? Das war nich meechlich.

Reichsnährstand. Lene Pabst wußte nicht, *was eine Kuh Milch gibt,* aber sie war stolz, den schwierigsten Auftrag zu haben. Krause brachte sie in den ersten Stock hinauf. Das Personal, das sie im Amt beließen, nickte gefällig, aber wenn man den Rücken kehrte, hob es die Hand zum Gruß. Helene fühlte, die gehen nicht mit uns: und warten, daß es noch anders kommt. Sie hatten Meixner Max mitgebracht, den sie mit Dr. Quaas aus dem Stabsquartier zusammensetzten, um ihn zu bewachen, und sie hat sich zur Eckardt hineingesetzt. Die Akten, muckschte die, sind unter Verschluß, und händigte sie unter Tränen aus. Als Helene einmal ins Zimmer kam, hatte sich Inspektor Paul neben die Eckardt an den Tisch gestellt und fragte von oben herab: Ja Frau Pabst. Wo werden wir Sie denn hinsetzen? Da zog sie sich den Sessel heran und sagte von schräg unten: Die Frau Pabst sitzt schon, und da bleibt sie sitzen. Paul lief rot an und tauschte mit der Eckardt Blicke, aber Helene schloß das Pult zu und nahm den Schlüssel an sich. – Jedoch Paul unternahm es, sie *mit den Tatsachen vertraut zu machen.* Es waren zweihunderttausend oder dreihunderttausend Menschen im Kreis. Man hatte noch Lebensmittel für zwei oder drei Tage. *Die Nazis* hatten die Lager noch räumen lassen, Zucker, Öl, Mehl, alles war vor Toresschluß ausgeteilt worden. Als sollte jetzt Lene mit leeren Händen dastehn. Im letzten Kriegsjahr hatte es dreieinhalb Pfund Brot die Woche gegeben. Sie konnte gerade zwei Pfund und fünf Gramm Butter aufrufen. Sie glaubte nicht, daß es nicht noch Bestände gäbe, Verstecke, die man finden mußte, um sie zu beschlagnahmen. – Sind wir die Gestapo? fragte Quaas. (Dafür wern wir nicht bezahlt. – Helene Pabst bekam kein Geld, woher denn.) – Tatsache war, daß sie Tag und Nacht unterwegs waren, und einmal hat Lene Pabst drei Tage und Nächte verbracht und war in keinem festen Gebäude gewesen. Als sie früh nachhause kam, um sich zu waschen und etwas anderes anzuziehen, sah ihre Mutter erschrocken die Übernächtigte und fragte: fängt das wieder an mit dem Herumgetreibe. Sie hatte eine ganz geschwollene Backe. – Aber Lene hatte auch Chancen. Die Geschäftsleute, mit denen sie verhandelte, speisten sie (ab) mit Komplimenten, und ihr Verhältnis war (die Verhältnisse waren) nun so, daß diese Geschäftsleute und Fuhrleute niemals etwas anderes gewesen waren als Kommunisten. Sie fuhren alle plötzlich mit der roten Fahne herum. – Dies zeigte ihr, sie wollten sich führen lassen. *Nun kam ja auch der Hunger dazu.* Der Hunger hat alles an der Hand genommen.

Krauß und Krause. Nur in den Krauß-Werken wurde *durchproduziert,* aber statt Fliegerteilen, Granaten, Kartuschen stapelten sich jetzt verschämt die Wärmflaschen und Wäschestampfer. Der Arbeiter Winkler, kommissarischer Bürgermeister in Bermsgrün, kam mit Ebert Max nach wenigen Tagen wieder ins Werk und teilte Krauß mit, daß eine Belegschaftsversammlung stattfinde. Krauß nickte das ab, und wirklich standen einige Hundert im Wannensaal und hörten den Winkler Kurt an. *Von Seiten der Arbeiter gab es keine Diskussion.* Man setzte den Obmann der Arbeitsfront ab und stimmte mit klammen Pfoten für Ebert Max, Keller Kurt usw. Es ging so still und gesittet zu, daß es Ebert nicht einleuchtete, daß sie ein *wilder Betriebsrat* waren. Als sie hinaus vor die Halle traten, fanden sie dort Körbe mit Broten stehen, die der Hofmeister Lux (nämlich Krauß Emil selbst) hatte hertragen lassen. Und wie nun Ebert und Keller stolz vorbeigehen wollten, merkten sie (am eigenen Leibe), daß das eine übermenschliche Haltung gewesen wäre. Die anderen Arbeiter griffen auch schon zu und hatten nich die Größe, dem Geruch zu widerstehn. Es war eine Abstimmung mit langen Fingern; da standen die Deputierten, hier lag das Deputat. Das Ergebnis war eindeutig, sie wählten den Wohltäter. Krauß quatschte: erst kommt das Fressen, dann der Betriebsrat, und erkannte ihn an. – Man wußte, Krauß hatte Material und Nahrungsmittel verlagert, aber die Meister schwiegen sich aus, und der Küchenchef mußte eingelocht werden, bis er gesprächig wurde. Korb rückte mit seiner verhungerten Truppe zweimal an, dann wurde sie fündig. In einem Werkraum, der außen länger war, als er innen schien (Lang Paul schritt ihn kurz aus), war eine Zwischenwand eingezogen, hinter der 46 Sack Weizenmehl lagerten und 100 Kartons mit ungefüllten Waffeln. Die Arbeiter taten, als würde ihnen die Frühstücksbemme entwendet, und verteidigten Krauß Emil, als sei er ein Stülpner Karl aus der Ausbeuterklasse, der sein unrechtes Gut an die Armen verteilt. Er hatte sich einen Glorienschein umgebunden. Die Wahrheit ist, sagte Krause, daß er Verbindungen hat. – Ja, sagte Herr Krauß zu Krause: wir Metallarbeiter zu den Bergarbeitern und Bauern. – Wie denn. – Der leere Topp hier, das Blech läßt sich aufessen. Man kann die Wannen und Tröche gegen Kartoffeln tauschen. Haste was, so kannste was. So wie wir heute arbeiten, leben wir heute. – Dem hatte der Aktionsausschuß nichts entgegenzusetzen. Er hatte nichts.

Er hatte die Verantwortung übernommen, aber das war nicht hinlänglich bekannt. Man mußte das in die Welt setzen. Irmisch, der das Schriftliche machte, gab am 16. Mai einen Aufruf heraus. *Alle nationalsozialistischen Gesetze sind außer Kraft gesetzt. Im Moment ist jedoch keine Zeit, neue Gesetze zu erlassen und große Reden zu halten.* Lebensmittel und andere Gegenstände des täglichen Bedarfs, als wie Heeres- und Hamstergut, gehörn der Stadt. Wer sich dadran vergreift, wird erschossen. – Das war klargestellt. – Würde er denn das tun? – Nich im Lähm. Man mußte so tun ... Jetzt war es amtlich. *Die Habenichtse aus der Vorstadt.* Nur seine Hand zitterte, wenn er sie nicht ballte ... Keiner hatte ihm diktiert; sie gehorchten *der Not.* Aber gehorchte man ihnen? – Krauß oder Krause. Wer würde wen schlagen. Das war nicht vorauszusehn. Er hatte keine Zeit, sich den Kopf zu machen. Es war ein wahres *Rathaus*, das sich mit Ratlosen, Hilflosen, den Bittstellern füllte, die sich direkt mit der Untrigkeit besprechen wollten. Irmisch thronte, nee hockte in dem Gewühle. Hilfsbereite und

Ortsfremde, Personen ohne festen Wohnsitz und mit lockerer Gesinnung; welche ohne Ausweis, die er vorsichtshalber wegschicken mußte. Leute, die Auskunft verlangten oder unverlangt Auskunft gaben *(denunzierten)*. Zwei Händler kamen herein und baten, Butter ohne *Abschnitt* abgeben zu dürfen. Sie schlugen zwei Klumpen auf seinen Schreibtisch. Er drohte, sie zu verhaften. Zwei Pfarrer kamen herein: ob sie *die Religion* ausüben dürften. Sie wollten ihn in den Himmel heben. Er gab ihnen seinen Segen. – Alles diente sich an, um sich zu bescheißen. Es war, als hätte er, Irmisch, einen Hebel umgelegt, und das lief in dem andern System. Es war *umgeschaltet,* aber nich verwandelt. Irmisch, hier kann glei der Fehler liechen. Werden sie wieder Mitläufer sein? – Im höchsten Triumph fühlte er die tiefste Verzweiflung. Wenn wir uns nich selbst befrein, bleibt es für uns ohne Folgen.

Ein Mann kam herein und wollte wissen, wie sich der Postamtmann Greif, im Faschismus, verhalten habe. Irmisch: Wer er sei und was ihn das anginge. Der Mann: Das wolle er hinterher sagen. Irmisch: Die Beantwortung der Frage müsse er ablehnen, es sei denn, er werde seinen Namen und Grund vorbringen. Der Mann, jung, schlank, *mit angenehmer Stimme:* Weil es für ihn von großer Bedeutung sei und (er stockte:) alles entscheide. – Von Irmisch nichts. – Der Fremde warf sich in einen Stuhl, als wolle er nie wieder aufstehn, und sah Irmisch kühl an; der aber hart blieb. Nach einer Pause hörte Irmisch ihn sagen: Er werde jetzt einen Ausspruch tun, und wenn er ein Kommunist sei, werde er ihm dann Auskunft geben. Und er sprach: *Achtung. Achtung. Hier ist Moskau in deutscher Sprache.* – Ohne sich zu besinnen, sprang Irmisch auf und flüsterte (als höre er ihn unter Lebensgefahr): Du bist der Nachrichtensprecher ... Wie kommst du hierher. Und indem er ihm die Hand schüttelte, gab er die Auskunft, die beruhigen mußte, und der Mann antwortete: Richard Greif ist mein Vater. Irmisch, ein zweitesmal überrascht, wollte tausend Sachen fragen, aber bekam nur zurück: Später. Jetzt darf ich zu meinen Eltern gehn, die nicht wissen, daß ich lebe. – Und Heinrich Greif ging hinaus.

Die Russen staunen. Die Lötzsch Hedl erzählte der Kießling, ihr Mann sei mitm Fahrrad bei den Russen gewesen, aber mit einem andern Rade zurückgekommen. Das seine sei ihm schon aufm Hinweg von einem Rotarmisten ausgespannt worden, so daß er zu Fuß habe weiter müssen. Als ihn der Kommandant in Annaberg fragte, wie er nachhause käme, habe er den Zufall zugegeben; und er wurde mit einem Leutnant in den Hof geschickt, wo zufällig viele Fahrräder standen und er sich absichtlich eins aussuchen durfte. Sie erzählte das vielen, aber er blieb der einzige, der sich zuerst hingewagt hat. – Irmisch fuhr mit Schieck und Winkler nach Annaberg, Blechschmidt Max am Steuer. Sie setzten sich über die Grenze hinweg. Sie kamen nämlich an den *Schlagbaum,* stoj; Blechschmidt sagte mit glücklichen Augen, wen er bringe, die schwarzenberger Genossen, aber der Posten lächelte, denn er verstand nichts; Winkler beugte sich vor und sagte nachdrücklicher, daß sie den Antifaschistischen Aktionsausschuß repräsentierten, worauf sich das Gesicht des Postens verfinsterte und auch er den Tonfall änderte; und nun stieg Irmisch in Person aus und erklärte sich (als Erster Bürgermeister), und der Posten legte die Kalaschnikow auf ihn an. Irmisch erbleichte, und fand gar keine darüberhinausgehenden Worte, das war nun der Empfang bei den Freunden. Sie wurden *wie die Verbrecher*, paschli!, zur Kommandantur begleitet oder geschafft. Es war eine requirierte Villa, wo sie im Souterrain verlegen warteten und sich eingestanden, daß sie nichts zu bestellen hatten. Gruß aus der Bergstadt Schwarzenberg, wie es auf den Postkarten hieß. Dann kam endlich ein Offizier, mit einer Dolmetscherin, die es eilig hatte, zu ihnen herunter, und Schieck deutete in groben Zügen an, aus welchem verlassenen Land sie kamen. Daß sie also die Nazis aus den Ämtern geworfen und die Rathäuser mit Waffengewalt besetzt haben und die Kommunisten überall die Geschicke in der Hand halten und alle hungern. Die Dolmetscherin, die viel schneller sprach als er, mußte aber mehrmals sagen, was er sagte, und der Offizier, der sich nun, mittenhinein, vorstellte: Kapitän Popow, schüttelte ungläubig den Kopf und entschloß sich, die drei eine Etage höher dem Kommandanten vorzuführen. Vor dem sie, seinem Gabelfrühstück zuschauend, die mageren Aussagen wiederkauten, von seinen überraschten Fragen unterbrochen: Und Wehrmacht? Und Faschisten? –

Kaputt, sagte Winkler – Kak, rief er, wie, wieso! half die Dolmetscherin: kak wü eto sdjelali? Wie sie das, selbst, ohne Hilfe? – Von wem denn?! – Kak, kak sie es fertiggebracht haben, rief der Kommandant. Und erhob sich massig und war: Gardemajor Nemow, der allen die Hand gab und den Adjutanten Befehle. Die holten eilends alle Offiziere nebenan im großen Eßzimmer zusammen, wo ein weißgedeckter Tisch stand; und Schieck, Irmisch und Winkler mußten zum drittenmal behaupten, was Tatsache war, und *wie* sie das bloß durchgeführt hätten. *Ich kann euch nich sagen, wie die sich freuten.* Sie wurden wie Kämpfer bestaunt und mußten wie Helden trinken, und ein Hauptmann, Mologow, umarmte Winkler und weinte tatsächlich an seiner Schulter! Schieck hatte Mühe, das Anliegen, das sie hergeführt hatte, zur Sprache zu bringen, daß sie Passierscheine brauchten, um Kartoffeln, Getreide aus Döbeln oder Chemnitz durch die Absperrung zu bugsieren, sofort, und Genehmigung, Waffen zu tragen, ohne erschossen zu werden; Nemow schien es genug, daß sie an seinen Tischen praßten. *Snajetje ... wißt ihr denn, was ihr gemacht habt?* fragte er: *Ihr ... ihr habt die Macht!* Versteht ihr? Ihr habt die Macht ergriffen! Die MACHT. – Sie hörten ihn begeistert schrein, und der Schrecken fuhr ihnen in die Glieder, und es wurde ihnen erst ihr Mut bewußt, ihr unverschämtes Beginnen. Irmisch, der neben Nemow saß, sah die Gelegenheit für eine, wie er zutraulich sagte: *brennende Frage.* Nemow, das Glas in der Hand, antwortete laut: Ich Befehl Annaberg, und nicht weiter. – Da brach es, wie aus einem Unglücksschacht, aus

Winkler heraus: *Kommt doch! besetzt uns!* – und in die vollkommene Stille: *Befreit uns.*

König Mu. Korbs Streife fuhr in Tellerhäuser herum, um den *Goldfasan* zu fangen. Aber Mutschmann ging ihnen durch die Lappen. Sie umstellten das Dorfhaus, der Herr Gauleiter war nicht da (und *nicht gesehen* worden), das Hakenkreuz hing groß über der Bühne. Sie stapften bis ins Hochmoor, die Jagdhütten waren aufgebrochen und innen heimelig schön. Sie kämmten den dichten Tannenwald durch, und zogen nur ein paar Landser aus den Verstecken, keine Zwölfender, es lohnte nich. Auf der Rückfahrt die Steilkurven nunter war ihnen schlecht, weil se nischt im Magen hatten. – Mutschmann hatte sich nur zwei Häuser höher im Gut von Kaufmann verborgen. Ein Halbjude (sagt man) verpfiff ihn, und die antifaschistische Polizei rückte aus Oberwiesenthal an. Ahlfeld also schickte sie zu dem Gut hoch. Mutschmann, im Andachtsraum des Bauern, wo Sprüche hingen *(Selig sind, die da reinen Herzens sind* – das Schildel fand man herumgedreht), nahm gleich die Hände hoch: Nich schießen, meine Herrn. Der Erzgebirgskamm, Wiesenhänge, eine Kuh graste im letzten Licht; sie führten ihn am Stricke. – Damit war Martin Mutschmann aus dem unbesetzten Gebiet exmittiert. Am andern Tag wurde er auf dem Marktplatz von Annaberg an den Pranger gestellt. Kein Schwarzenberger sah zu, und keinen verlangte danach: nur Schlemmer, Häftling in Zschorlau, war den Gegenbesuch schuldig. Er stellte sich auf den großen rechteckigen Platz und sah sein Gegenüber aus anderer Perspektive. Der stand auf dem Denkmalssockel, neben ihm seine Trabanten vom Werwolf, mit nackten Füßen, und war auch das Lametta, die goldene Kriegsbemalung los. Und jetzt war er es, Schlemmer, der den Häftling, denkt er, an die Schulter stößt, und der dreht sich um und macht ordnungsgemäß Meldung. Und schaltet den Gewindestrehler aus (ungewohnte, Schwerstarbeit, in Waldheim), und Schlemmer steht ein wenig breitbeinig, die Hände am Koppel, vor ihm und fragt: Wo sind Sie her? – Darauf er: Aus Dresden. – Schlemmer: Was ham Se ausgefressen? – Darauf er: Vorbereitung zum Hochverrat. – Schlemmer: Was ham Se da gekrischt? – Soundsoviel Jahre Zuchthaus. – Da waren Sie wohl ä faschistischer Führer? He? – Mutschmann: Ja, ich war Gauleiter von Sachsen! – Schlemmer, »mitleidig«: Was ham Se davon weg? – Noch gar nichts. – Schlemmer mustert ihn eine Zeitlang von oben bis unten, *wie man ein Tier im zoologischen Garten bestaunt*, und fragt: Sind Sie denn nun von Ihren Wahnsinnsideen geheilt? – Mutschmann blickt ihm ein paar Sekunden ins Auge, mit stierem Blick, als ob er nichts begreife; und Schlemmer schlug sich mit der flachen Hand an die Stirn und wandte sich ab, und überließ ihn der gaffenden Menge.

Es war Pfingsten, aber die Heiden vom Ausschuß tagten und vergossen den Geist. Abend wurds. Da klopfte ein Knöchel an, und die Totgesagten kamen herein.

Scheffler Ernst, Günther Paul. Sie sahen aus wie die Berginvaliden. Krause, Irmisch, Helene schlossen die Augen und rissen sie wieder auf. – Die kamen aus *Sachsenhausen.* Scheffler war sehr schwach, Lene machte ihm Platz. Günther ging ganz vorsichtig, Wasser in den Beinen. Von Sachsenhausen war es aber nach Norden gegangen. Die wollten uns (Günther:) in der Ostsee versenken. Fünf Tage Marsch ohne Verpflegung, wer nicht mehr konnte, *wurde vom Aufräumkommando erledigt.* Die Rast im Wald bei Below, er grub Scheffler ein Loch. Hemden aus Packpapier. Sie rissen Gras ab, und Erlenblätter. Das schwedische Rote Kreuz brachte Päckchen, für fünfe eins. Für jeden weiteren toten Häftling, sagten die Schweden, würde ein SS-Mann erschossen. Sie meldeten sich krank in Grabow, *damit sich keiner mehr um uns kümmert.* Dann sind sie in die andere Richtung gelaufen; als den Tod. – Und wie seid ihr hierher, hier hereingelangt! – Günther wollte nicht weiter berichten, er wollte Bericht. – Der *Antifa,* stammelte Lene, sind schon Hunderte beigetreten. – Ferlemann Karl, sagte Scheffler, wurde in dem Wald noch ermordet. – Und in Ernst Schneller hatten sie sich auch nicht getäuscht.

Pfingsten, das liebliche Fest. Nachdem sie in weichen Betten geschlafen hatten, wollten die Befreiten die *Gefangenen* sehn. Lene Pabst hatte sie mit verhört (und hatte für ihre Verpflegung zu sorgen). Krause brachte Günther und Scheffler, unter dummen Scherzen, zum Turm. Sie kamen eben zurecht, um zu sehn, wie erst der Ami die Beute aus der Beletage klaubte, dann der Iwan sich im oberen Stockwerk bediente. Den Wärter Leiritz, der ihnen in der alten Uniform in den Weg lief, nahmen sie gleich mit. *(Proleten hätten ihn nich inhaftiert:* Korb.) Günther schlich an die Amerikaner heran, um zu fragen, wo die Banditen hingebracht würden. (Er dachte: sie werden sie laufen lassen.) Da stieg ein Sergeant halb aus dem Jeep und griff sich die Kommunisten. Kein Einwand gegen ihre neue Verwaltung, sagte er zwischen langsam kauenden Zähnen. Aber sie hätten kein Recht, Revolution zu machen, und sollten sich an der Industrie nicht vergreifen. Krause verstand nicht gleich die Empfehlungen, an die sie noch gar nicht gedacht hatten, und die ihnen verboten wurden, aber bemerkte, wie Scheffler schluckte und Günther zu den Russen linste, die nichts zu der Konferenz beitrugen. Sie standen dann wie ertappte Strolche im Hof. – Sie gingen ins Schloß hinüber und sahen aus den Fenstern hinaus. Auf dem besonnten Hang bot sich eine Idylle. Bunte Kühe, nein Menschen, die auf der Wiese lagen. – Wie schön ihrs habt, sagte Scheffler. – Pfingsten, das liebliche Fest ... sagte Günther. Sie standen andächtig verzückt, bis Günther düster fragte: was sie da suchten? – Otternzungen. Brennesseln. Sauerlump, erwiderte Krause und grinste die beiden an: Das kennt ihr doch! Wir leben von der Wiese. – Der Gedanke, daß die hier nun auch Gras fressen, ließ ihre mageren Leiber von stummem Lachen beben.

Wenn man sie vergessen hatte (wie es schien), so mußten sie selbst an sich denken. Wie stets, wenn ein *Gemeinwesen* sich rappelt, wuchsen ihm Kräfte. Die Gutwilligen wiegen dann mehr als die Willenlosen. So ist es immer am Anfang der Welt. Wenn es die bessere ist! – So sah es aber nicht aus, und die Weißflog wollte die Schlangen vor den Läden *etwas ordnen*. Sie ließ die Bäcker selber antreten, um zu regeln, wie jeder gerecht ein Brot bekommt. Man beschloß, das Brot nach dem Alphabet zu verteilen, und kein Analphabet durfte sich im Umkreis verlaufen. Jeder zählte (nach), und nur der Kassierer Kierbach konnte es *hochrechnen*. Die Arbeiter *müssen das lernen*, die Geschäfte führen (Geschäfte machen), und auf die ewigen Ratschläge hören. – So war bald ein Beratender Ausschuß zusammen. Es fanden sich keine Kommerzienräte, aber lauter Berufe darunter. Der Schuster Stocklöw, der Fleischer Jähn, der Bäcker Hutschenreiter, der Eisenbahner Blechschmidt, der Arzt Dr. Freudewald, Löffler vom Postamt und Steuerinspektor Gerisch ... (und Krause war Maler, Schlemmer Drucker, Schieck Georg Schlosser gewesen). Auch der Besitzer der Autowerkstatt in der Obergasse erbot sich, mit seinen Reserven der Fortfahrt zu dienen. Dem sagte Schieck Oskar: Du hast keine ehrlichen Augen. – Schieck, der Alte, wurde selber mit Mißtraun betrachtet; ihm hatten sie keine Funktion gegeben. Schieck mit einem Gewehr in der Hand, undenkbar, murrte Korb. Der war 1890 Sozialdemokrat geworden, mit Schneller in die KPD eingetreten und nach der Niederlage 1923 wieder umgeschwenkt. Bei den Nazis hatte er einen Zementwarenhandel betrieben. Schieck schlug vor, in Schwarzenberg eine Zeitung herauszugeben, und nicht genug damit, Schieck begann, mit Billigung des Landrats, einen *Bezirks-Aktionsausschuß* aufzubauen. Schieck, unser Reinecke Fuchs, *wie wir ihn nannten,* kam aus seim Bau, nachdem er sah, welche Fahne man offzooch und siechhaft im Wind wehd! – Ja, aber wer hatte nun das Sagen? denn wie gesagt, es *fehlt in unserem Gebiet jede Reichs- und Staatsgewalt!* Hier melde ich mich nun, weil ich einmal dabei bin und die Geschichte schreibe – aber ich habe nicht die Position, etwas vorzuschreiben oder umzuschreiben; ich kann nur wie der Landrat Hänichen meine Unterschrift hergeben: und er teilte, am 30. Mai, verzweifelt mit, daß es nur eine Obrigkeit gebe, *die einzige obrigkeitliche Behörde ist der Landrat mit seinem Bezirksausschuß:* Schieck! Der hatte aber gar keinen Einfluß auf die Geschichte, denn unerhörterweise, *Macht erlangte der Ausschuß nicht,* und alle Macht lag in diesen Tagen ganz unten.

Abschiebung. Das ist kein Ruhmesblatt. Aber es ist mit ganz normalen Worten beschrieben. Die *Ostarbeiterinnen* hatten die Baracken singend verlassen und mit ihren Bündeln den Bahnhof besetzt. Sie schossen Salut, als sich die offnen Waggons in Bewegung setzten. Aber es gab der Fresser mehr. Bei Kießlings war das Haus voll. Siebzehn Personen lagen in den vier Stuben (wie die Königsberger Klopse). Diese Bedrängnis sorgte überall für *nicht geringe Erregung,* und es war notwendig, die Frage der Umquartierten *ohne*

Leidenschaft grundsätzlich zu erörtern. Die Kießling war herzensgut, aber es hatte alles Grenzen. Statt dankbar zu sein für das Dach überm Kopf, stellten die Gäste Ansprüche, von einer Rationierung wußten sie offenbar wenig und daß in Sachsen seit zehn Jahren die Butter zugeteilt wird. Und wie die in der Küche mit dem Fett aasten! Andererseits (hinterm Rücken nämlich) äußerten sie: *hier müßten erst ordentlich die Bomben einschlagen, damit die wissen was Krieg ist.* – Es war beschlossene Sache, diese Menschen wegzubringen. Die lieblose Maßnahme, bei Schrotthändler Kießling stieß sie auf Gegenliebe. Bammler Johannes trat jetzt in Funktion. *Seine Person* war beauftragt, die Flüchtlinge namentlich zu erfassen. *Es war eine erschreckende Zahl.* Man mußte sie rücksichtslos reduzieren. Wenn man in der Stadt auf schleunige Abreise drängte, so weil sie hier nichts zu erwarten haben. Wo nichts ist, hat der Deutsche sein Recht verloren, und die Lebensmittelkarte wird entzogen. Bammler war verschrien; er mußte ihnen nicht, und sich nicht ins Gewissen reden. *Seine Person* hat ihnen *klar gelegt,* in ihre Heimat *so weit wie möglich* zurückzugehn. Wer sie beherberge, mache sich strafbar. Sie mußten ein Einsehen haben, in der Not, mit den Einheimischen, denen sie an der Schulter lagen. – Der erste Transport, mit 800, ging in Richtung Cottbus ab, ein nächster nach Lübben. Von dort sollten sie wohl nach Ostpreußen pilgern. *Seht wie der Zug von Millionen endlos aus Nächtigem quillt / Bis euer Sehnsucht Verlangen Himmel und Nacht überschwillt.* Andere Hunderte bequemten sich, zerknirscht, auf eigene Kosten zu den unplanmäßigen Zügen. Sie nahmen stumm, mit Blikken, die man schon abwesend nennen konnte, von ihren Gastgebern Abschied. Kießlings Belegung verringerte sich in vier Wochen von siebzehn auf sieben. Kießlings atmeten off.

An einem warmen Mittwochabend fand im Olympia-Kino eine Kundgebung statt. Mutz Hermann hatte seine Musiker zusammengelesen. Der Saal war brechend voll, und man mußte eine Leitung nach draußen legen, wo noch Dutzende standen. Nicht um etwas kundzutun, sie kamen *wegen der Ungewißheit* her. Die Genossen aber waren sich auch nicht gewiß. Ein festes Thema hatten sie nicht ausgemacht. Was konnten sie erreichen? Daß man sie liebte? Kaum. Sie ließen Ernst Scheffler sprechen, der, sagte Funk Kurt, *geradewegs vom KZ* kam. Helene Pabst brachte ihn; er war wortkarg und mürrisch, und doch viel zu schwach! Man half ihm die Stufen zur Bühne hinauf. Er begann mit sachter, fester Stumme. Er brachte es fertig, im ersten Satz vom Zusammenbruch und zugleich vom Anfang zu reden. Sie stünden in Deutschland vor dem vollkommenen Nichts, und der ungeheuersten Aufgabe. Da hätten die Älteren, 1918, schon einmal gestanden, um wieder den Irrweg zu gehen; es gäbe aber einen andern. – Seltsam, er verschwieg nichts, schonte sie nicht, und verdammte sie nicht. – Er sprach nicht von der Ehre des Volks, von der Schande und der Sühne, er sprach vom Ausweg, von Mut und Arbeit. Er sprach so einfach, es wurde ganz still im Saal. Lene hing an seinen Lippen; als wenn er ihr jetzt erst *ins Auge fiel*. Funk, der ihn früher oft hatte Reden halten hören, wußte: das wird seine beste. Hier im neutralen Gebiet, wo sich die Bande noch halte, müßten sie mit eigner Kraft die alte Macht schlagen. Wenn sie es nicht fertigbrächten, bewiesen sie den Besatzern, daß die Deutschen nicht fähig seien, menschlich im Kreis der Völker zu leben. Sie müßten fest zugreifen, aber nie mehr mit barbarischen Mitteln. Die Faschisten hätten Unzählige in zwölf Jahren zu Tode gequält, auch Schneller Ernst, sagte er stockend, haben sie noch zuletzt ... *umgelegt*. Sie, die überlebten, hätten es dem glücklichen Zufall zu danken. Und nun erwarte sie – die bitterste, die Notwendigkeit. Die führe sie nun zusammen. – So hatte noch keiner zu ihnen gesprochen: daß sie den Willen haben, selbst eine Zukunft zu baun. Er fand ihre armen Seelen, und ein schluchzendes Schnaufen war zu vernehmen. Zum erstenmal war etwas wie Einigkeit unter ihnen. – Lene, Lene aber, als er von der *Schwere* der Aufgabe sprach, war es fast leicht ums Herz, und daß man sie nur gemeinsam packen könne: ja, mit ihm, mit ihm, flüsterte sie und fühlte, wie sie in Liebe brannte. Der Beifall umfaßte ihn. Sie gab sie ihm kund.

Blechschmidt wollte zu Irmisch ins Rathaus, um ihm einen schmerzlichen Verlust zu melden. Er hatte, seine Wenigkeit, im Betriebsamtsbezirk 34 Güterwagen stehn. Sie hatten einen Zug mit 17 Wagen zusammengestellt, um Flüchtlinge fortzuschaffen. Der Zug sollte über Chemnitz nach Riesa fahren, wo er, weil die Elbbrücke gesprengt war, entladen werden und umkehren konnte. Man hatte aber den Zug über Dresden umgeleitet, und so war er nimmer zurückgekehrt. Sie hatten dann einen zweiten Zug mit den andern 17 Güterwagen für die selbe Strecke gezettelt und abfahren lassen, und er hatte, rätselhaft, dasselbe Schicksal erlitten. War nämlich gleichfalls aufs falsche Gleis gelockt worden, und sie hatten ihn auch nicht wiedergesehn. Von der Reichsbahndirektion waren sie ohnehin abgehängt, und mit drei Genossen *befehligte* er, der Rangierer, die Reichsbahnräte *und solche Größen* bis zum Sudetengau. Zu Irmisch konnte er zu Fuß gehen über die Gleise, um ihm auch zu signalisieren, daß ihm ein Lazarettzug von Johanngeorgenstadt *angeboten* war mit 300 Personen und Verpflegung für nur drei Tage, die Schwarzenberg übernehmen sollte. Er fand aber Irmischs Zimmer leer, und auch Krause Willy war nicht vorhanden, und an seinem Schreibtisch saßen, in einem Band Lenin blätternd, zwei Offiziere der Army, die nun diese Sache vernahmen oder ihn, Blechschmidt Fritz vom Bahnhof, vernahmen. Unten stand nämlich noch ein Leutnant der Wehrmacht im Auto: der Irmisch *holen* wollte, aber der hatte Wind bekommen, denn ein »Lnt. Herfurth« hatte eben Winkler in Bermsgrün abgesetzt. Irmisch hatte, ehrlich gesagt, *keine Ursache,* sich von den Abenteurern *kassieren* zu lassen, um draußen bei der Weißen Frau am Baum gehängt zu werden, und hatte sich unsichtbar gemacht. Er hat den Kerl noch mit seinen Kaleschen einfahren sehn, aber der ihn nicht aus. Herfurth schoß dann unten in der Wache die Alarmglocke herunter. Der Lazarettzug müsse, sagte Blechschmidt den Amerikanern, mit seinen drei Tagen Verpflegung, in Richtung Zwickau weitergeleitet werden Umleitung über Chemnitz, weil auch die Brücke vor Niederschlema gesprengt sei, sie hätten selber keine Verpflegung und sind dreihunderttausend, solln die verhungern? – Well, warum nicht, sagte einer der beiden, ein Major, und warf das Buch in die Ecke, ihr habt im Krieg in Leningrad und Stalingrad so viele verhungern lassen, und so viele sind draufgegangen, Millionen, wir können es im Moment nicht ändern, und wenn noch die dreihunderttausend sterben, dann gehören sie eben *mit in das große Gebiet der Toten.*

Nachts zuhause bei Krause in der engen Zelle, als die Genossen bei Brot und Wasser saßen, fragte Korb: Sollten wir nicht ein paar an die Wand stellen? – Was? – An die Laterne knüpfen. – Wahre Frage, sagte Schieck Georg kopfschüttelnd, und die Diskussion war freigegeben. Sie wußten welche, die es verdient hätten. Aber sie waren die Instanz für die ersten Dinge (fürs *Überleben,* würde man später sagen), zu den letzten Dingen fühlten sie sich nicht berufen. Es is auch einer dabei, sagte Irmisch aus, der hat acht Kinder. Wenn wir den nu aufhängen, wird die Frau, in ein paar Jahren, durch die Stadt laufen und rufen: Das ist der Krause, das ist die Pabst, das ist der Irmisch, die haben euern Vater –. Da ließ die Runde lieber die Köpfe hängen. – Einmal in diesen Tagen konnte man

Krause vernehmen: Und was, wenn se nicht kommen? Er lächelte keine Spur bitter. Wenn sich kein Siecher hier sehn läßt? Und als hätte er dran einen Narren gefressen: Und die Geschichte um uns einen Bogen macht? – Undenkbar, entschied Schlemmer. – Das wär ein Wunder! sagte Schieck. – Aber wenn doch, also doch nich ... dann wird die deutsche Arbeiterklasse – Jetzt sahen alle erregt den Fantasten an, während der sein Thrombosebein auf den Hocker hob. Dann wird man sehn was se macht. Sie schwiegen, und lauschten in die Stille hinaus in einer absurden Sehnsucht.

Volks Eigentum. Die große ESEM hatte im April wegen der Fliegerangriffe zugemacht, und die fünfhundert Arbeiter und zweihundert Fremdarbeiter waren in ihren verdunkelten Stuben / dunklen Baracken geblieben. Im Mai waren sie alle noch einmal zusammengekommen, weil der Fabrikant jedem etwas Leder fürn Latsch geben wollte, bevor er sich selbst auf die Sohlen machte und nach Meerane ging oder *floh.* Lohn wurde noch zu einigen Prozenten weitergezahlt, und auch danach wurden noch *Sachen verteilt.* Irmisch wußte davon, und Günther erfuhr es, als Emil Vogt von der Betriebsratswahl Bericht gab. Was ist da los, sagte er. – Das ist Volks Eigentum, sagte Irmisch. – Eben, wieso, fragte Günther und grinste blöd. – Nimm das mal an, sagte Irmisch und weidete sich an Günthers Verblüffung. – Mensch, Willy, sagte der fassungslos. – So isses. Besitzer Friedrich Volk. – Günther, der nicht dumm dastehen wollte (als neuberufner Kreispolizeileiter), fragte Vogt lauernd: Was hat er hergestellt. – Formen, Werkzeuge für (jetzt scheute sich Vogt, den Häftling weiter zu quälen) ... fürn *Volkswagen*, ne? – So ließ sich Paul Günther nicht in die Enge treiben, und er brüllte: Für die Rüstung, mein ich. Was hatter gemacht? – Er, wir, dachte Vogt Emil und gestand: Für de Flugzeuge, Panzer, Maschinengewehre. Und mitm Schwimmwagen hat er begonnen. (Wir, meinte er.) – Was mach mer mit dem. – Wem, dem Volk? fragte Irmisch: Ein fähiger Mann. *Den nehmen wir mit.* – Sie mißverstanden sich. Sie sahen die Dinge verschieden. – Ja, sagte Günther, diese guten, die Ehrenmänner. Die würden jederzeit wieder, wenn die Gewinne fließen, für den Krieg produziern. – Vogt nickte selbstvergessen, und Günther sah ihn hart an: Man muß ihm das *Werkzeug* ausn Händen nehmen. – Und dann? und dann? fragte Irmisch, und Günther holte weit aus und fand aber wieder nur Vogt: Dann kriechen es die. Das Volk! – Daran mußte Vogt Emil lange noch denken, als es später hieß: Alles mit dem Volk, alles für das Volk, und etwas stimmte nich. – Volk Friedrich ließ sich im Juni wieder blicken, als der Betriebsrat tagte und die Ingangsetzung der Produktion und Geschäfte beriet. Günther war auch zur Stelle und forderte seine Verhaftung und Enteignung, folglich ... Volkseigentum. Das Volk hatte das Sagen, und dem Volk war nicht zu helfen. Er wurde nach Sibirien verschleppt.

Die Wiesen zertrampelt; *man konnte kein Gras mehr haun*. Gegen die Plünderer, die Erscheinung der Abendstunden, die sich zeigte, wo die Kartoffeln gelegt waren, zog der Flurschutz ins Feld. Wenn sie einen erwischten, sechs Saatkartoffeln im Sacke, wurde er *abgeurteilt*. – Der Bündnispartner, der Bauer, hatte den Teppich im Stall, aber die Kuh konnte nicht drauf liegen, weil die Polen sie abgeführt hatten. – Die Kraftwerker zeigten sich ihm (dem Bauern) ebenbürtig. Das Kraftwerk arbeitete, hatte indes kein Geld, die Leute zu halten, weil ohnehin alles dem *Broterwerb* nachging. Da haben sich die letzten elf Mann ins Feuerhaus gestellt und gedacht: wenn schon aufs Land, dann kassieren wir ab. Sie haben ihre Kassierer auf die Dörfer geschickt und gefragt: Braucht ihr Licht. Das Licht brennt. Das Licht ist unersetzlich, wie. Wie der Lohn. Das Licht braucht Lohn. (Das erzählten sie mit leuchtenden Augen.) *So haben wir uns durchgewurstelt*. So habt ihr die Macht ausgeübt. – Grummt Hugo wurde Lene Pabst an die Seite gestellt, und begriff, *man kann im Grundeis untergehn*. Der Handel, *das mag nun lächerlich vorkommen*, ging so vor sich. Sie luden in Erla oder Wildenau Emaille nach Oelsnitz, dort wurde die Emaille gegen Kohlen getauscht, sie luden die Kohle und fuhren nach Oschatz, und dort wurde sie gegen Mehl und Getreide verschoben. Sie brauchten Passierscheine in fünffacher Ausführung, die Irmisch zinkte, für die fünf Mächte, die am Wege lagerten. Natürlich wurden sie dort am Wege fortgeschickt, festgehalten oder kamen mit dem leeren Wagen zurück, *das kann man nicht mit den heutigen Verhältnissen ver-*

gleichen. Grummt, Nestler und Scheffler fuhren nach Dresden, und als sie die Stadt sahn, wußten sie, hier können wir nichts erben. Sie saßen in einem halbzerstörten Gebäude auf dem Flur und fragten jeden: Bist du der Ernährungsminister? Nach drei Stunden kamen sie an den Richtigen, und der sagte: Kommt nur rein. Ein leeres Zimmer, ein zerbrochener Stuhl und ein Tisch. Das war die Landesverwaltung. Die Verhandlung ging so vor sich. Sie saßen auf dem Tisch, er auf dem zerbrochenen Stuhl. Er sagte, ich bin nun den ersten Tag hier und kann euch die Versicherung geben, daß absolut nichts da ist. Also seht wie ihr weiterkommt. Nun standen sie vor der Frage: *wie kommen wir weiter?*

Jetzt bin ich in der Geschichte, und eine andere Frage stellt sie nicht, auch wenn sie vorbei ist; vorbei und verloren ist, und man sieht nun, was wahr war und was nicht war. Denn es ist jetzt mein eignes Gebiet, das unbesetzt ist, von den Truppen der Doktrin und des Glaubens, und nur Hoffnung vielleicht siedelt, die uns betrügt und weiterträgt.

Jetzt habe ich die verdammte Pflicht, den *Leutnant* Herfurth unschädlich zu machen. Einfacher Leute Sohn aus Sachsen, eingezogen, d.h. ausgezogen, damit uns morgen die Welt gehört. Er konnte es nicht fassen, daß er demobilisiert worden war und behielt die Uniform an, beförderte sich, band ein Eisernes Kreuz um und führte den Krieg auf eigene Faust weiter. Seine Feldzüge waren glorreich, seine Armee riesig, er hatte freilich nur zwanzig, dreißig Soldaten, und ein paar Gebirgsdörfer zu plündern. Nach der Schlacht am Milchbach, wo aber nur Wasser floß, und der Feind (Korb) zwei seiner Strategen ins Spritzenhaus sperrte, zog der Feldherr in Sosa ein, besiegte den Bürgermeister (oder die Amerikaner schaßten ihn, oder *als Amerikaner verkleidete Nazis*) und hielt Heerschau. Er ließ seine Bataillone exerzieren und stillstehn, und Unger Hans fragte die: Ihr Rindviecher, warum laßt ihr euch noch kommandieren? – Die Army, scheint es, war seine Schutzmacht; und Korb wandte sich an seine, um mit den *Freunden* dem Spuk ein Ende zu machen. Der Offizier am Schreibtisch hörte das Märchen, ließ ihn aber ausreden und hat die Zeitung gelesen, und als er sie wegnahm, sah Korb unter der Glasplatte die Landkarte von Schwarzenberg liegen, kein Zweifel, er kannte den Umriß, es war ihr Gebiet, man wußte von ihnen und allem, was Manstein Victor perewoditschte. Sie beugten sich also über die Karte und legten fest, wo die sowjetische Einheit auf der Staatsstraße vorrückt und wo die Hilfspolizei vom Eselsberg klimmt. Schießen erscht, wenn de Rodearmee feuert. Am Tag der Entscheidung stand aber ihr kleiner Opel einsam vor Sosa. Die Russen hatten sich nicht an die Abmachung, aber an die von Jalta gehalten. Korb *ging die Muffe.* Was, wenn sie auf eine Streife träfen, als Deutsche durften sie keine Waffe, man würde sie über den Haufen, mit oder ohne *Propusk;* Deutsche, das genügt. *Als sie am Dorfrande reinkamen,* stand da ein

SS-Mann mit Maschinenpistole, und Lorenz Max drehte das Fenster herunter und rief: Wir kommen vom Amtshauptmann, und ist durchgefahren. Am Gasthof Sonne ein ganzer Pulk Marodeure, Korb sagte: Weiter, und sie fuhren bis zum Gemeindeamt vor und sahen Herfurth mit zwei SS-Leuten stehen, die MPis baumelten an den Beinen. Korb: Halten, aussteigen, Pistole entsichern. Sie sind verhaftet! Aber Herfurth wurde anders abgelenkt von einem Zivilisten, der ihm was vortrug, und sie steckten, Korb links, Manstein rechts den Fuß aus dem Wagen, aber in dem Moment ging die Türe und noch drei, vier Bewaffnete traten heraus, und Korb bleffte: Weg, und *der Max hat dort ene Kurve gerissen,* und sie warn wieder naus aus dem Dorfe. – Zwei Tage darauf wurde Herfurth von dreihundert Rotarmisten gestellt und in den Turm gebracht, wo er sogleich Orden, Knöpfe und Haare verlor und sich auch sonst *sehr gut benahm.* Er fuhr später noch lange mit einem sowjetischen Oberst herum, und wenn er nicht in Freiberg geköpft worden ist, lebt er noch heute.

(Niemand im Niemandsland wußte von den andern, geheimen Verhandlungen, die schon im April das Loch in die Karte gruben, durch das die Million der Schörner-Armee im Mai und Juni nach Westen entkam. In Eibenstock wurde sie, vollbewaffnet, mit Parademarsch, in amerikanische Gefangenschaft genommen. Und General Patton war durch die deutschen Linien *wie ein heißes Messer durch Scheiße* gegangen, hatte von den Pontons in den Rhein gepißt und gewußt: Army und Wehrmacht müssen *nach Moskau marschieren und die Sache erledigen,* als er mit Dr. Rietzsch im Neustädter Hof grüne Klöße aß. Niemand, nur Rietzsch vielleicht, der das Essen erbrach und die Sache bei sich behielt und in einem Lager im Osten verschwand; niemand erriet es in Annaberg, in Schwarzenberg und dem ganzen Gebirge, dieser Geschichte.)

Lenes Liebe Not. Auch Lenes Mann war im Krieg geblieben, vermißt oder tot; tot und vermißt. Die Scheffler hatte ihren Mann zurück, und verlor ihn lebendig. Denn nun war er befreit, aber wieder nur *Arbeit und nochmals Arbeit wird die dringende Losung.* Darum schlich er immer zur Lene hin, weil das die wichtigste Arbeit war. – Das wußte jeder, und wurde offen verhandelt, und später wurde ohnehin nur von *Helene Scheffler* gesprochen. – Er fand sie oft verzweifelt, und als er eines Mittags eintrat, sah er sie reglos am Pult sitzen das Gesicht in den Händen: tränennaß. Grummt war nicht da, und Paul und Quaas hatten die Türen geschlossen, und sie sagte ganz ruhig: *Wir haben diese Woche für zwei Orte kein Brot.* Als sie aber zu ihm aufsah, die unbegreifliche Freude! Gerade ein Pfund wurde noch ausgegeben, das bitter schmeckte. – Andermal lief Quaas mit entsetztem Gesicht in die Tür und meldete, eine Delegation aus Neuwelt sei da. Zwanzig *Schrapnelle,* ob er sie wegscheuchen solle. Noch ehe Lene und Ernst sich loslassen konnten, kamen die zwanzig Frauen *so vollgeladen herein,* daß ihr *ganz bange* wurde. Scheffler trat schützend vor Lene, aber sie schob ihn weg und fragte: was sie aufm Herzen haben. – Auf dem Herzen? Nischt – aber der Mund ging ihnen über, denn sie hatten auch nichts auf dem Tisch, und es waren Mütter darunter, die sich ängstigten. Sollte sie ihnen sagen: daß sie keine Gnade verdienten, aber 5000 Zentner Getreide brauchten für ihre schmale Schnitte, und für die Butter drauf Frieden? Sollte sie sie *überzeugen,* oder beruhigen? Da, ich erfinde nichts (keine Person, keine Handlung), kam nun Kurt Wolf, ein Umsiedler, in die Geschichte mit zwei Armen Blumen herein und sagte: er habe den janzen Wagen voll *Blumen*, die hatte er auch nehmen müssen gegen das Küchengerät. Helene starrte ihn böse an und riet den Damen: Bedienen Sie sich! Wolf gab jeder ein Büschel *Blumen*, und ihre Augen hellten sich auf und Wolf warf den Rest in die Luft, und die Frauen gingen versöhnt; den letzten Strauß griff sich Scheffler und wußte für wen, und wer es zuletzt erzählt hat, dem ist der Mund noch warm.

Am 14. Juni ging das XX. Corps der 3. US-Armee bei Zwickau aufs linke Muldenufer zurück und gab auch Chemnitz frei. Halb Sachsen war unbesetzt. Es verdickte sich ein Gerücht, daß Deutschland in Zonen aufgeteilt und dabei kein Streiflein ausgespart würde. – Sie werden uns nämlich in Streifen schneiden. – Dann ist das Elend aus, und die Herrlichkeit, sagte Nier. Sie spielten bei Kießling in Beierfeld Skat.

Lötzsch, der kommissarische Kommissar, hatte Bürgermeister Andreas entmachtet, aber ließ ihn zum Wohl des Ganzen amtieren und nutzte auch sonst alle Reserven. Kießling verriet: wo noch *ungeeignete* Nutzstücke Stanzblech liegen, Fabrikbesitzer Nier: wie man Schutzmaskenbehälter zu Milchkannen beult, und Postmeister Colditz: wie man sie auf den Weg bringt. Es war die beispielloseste Antifa, wie sie nicht im Buche steht. Lötzsch Richard wollte vom Iwan erobert werden. Colditz, während er Karten gab: Er gloobt an Stalin, wie wir an den Führer. Aber der Führer ist tot, und Stalin lebt. – Nier: Die Hitler kommen und gehn, aber der Deutsche bleibt. – Er hat den Krieg verlorn, und einer muß dafür offkommen. – Lötzsch (sah in sein Blatt): Mir könnse nischt nehmen. – Irre dich nicht, sagte Kießling. Dein Gewehr. Deinen Willen. – Was immer die Sieger bezwecken, die Revolution ist es nich. – Wir, sagte Lötzsch, haben gezeigt, daß wir es selber machen, und handeln. Wir sind die Organe eines noch gar nicht existierenden Staats. – Wir sind die Handlung gar nicht vorhandner Ideen, lachte Nier. – Kießling, entspannt: Wir sind gedanken- und staatenlos, aber selbstbestimmt. – Selbständig, bestätigte Nier, wie die Bodenschätze, und das Himmelslicht. – Das Uran, meine Herrn, sagte Colditz und trat auf den Boden, alles radioaktiv. Wenn se das erst besetzen, und sie wissen, worauf sie stehn, dann wird das im Gegenteil, wird es ä Staat im Staat.

Erzgebirge. Ein Riß ging seit alters durch das Massiv, Industriegeist, Lohnarbeit. Lohnarbeit / Kapital. Worauf sollten sie baun? – Es war ein alter, elitärer Streit (im Knast die Elite). Schneller im Zuchthaus Waldheim (Bekleidungsnummer 437): ein antifaschistisches Deutschland ist nur mit der Macht der Arbeiter denkbar. Selbmann, auf derselben Abteilung (Bekleidungsnummer 359): der Sturz des Faschismus ist nicht mit der Arbeitermacht identisch. Schneller darauf: Selbmann Fritz wär ein zweimal so guter Genosse, wenn er nur halb so klug wär. – Denn der gute Genosse ist nicht mit dem klugen identisch.

Das Erzgebirge war mehr noch als geologisch politisch zerklüftet. In die schräge graue Tafel war das A und B der Klassenkämpfe gegraben. Alle Strömungen der Arbeiterbewegung hatten sich in die Fabriktäler ergossen, und die Verwerfungen, Brüche erzeugten die dogmatische Landschaft. Sozialdemokraten, Kommunisten rekrutierten sich in dem aufbrausenden Volk, und ihre linken und rechten Abspaltungen traten schroff vor. Brandler hatte in Chemnitz, Seydewitz in Zwickau das Sagen gehabt (und Hoelz im Gefängnis), und Scheffler sich zur *grundsätzlichen Opposition* verirrt. Die oelsnitzer Kumpel jedweder Partei waren sämtlich Syndikalisten, als sie mit dem Ruf *Alle Macht den Räten* die Gruben in ihren Privatbesitz nahmen. – Und Ackermann, aus Moskau heim, fing an, vom *besonderen deutschen Weg* zu reden! Nur hatten die besonderen Deutschen hier andere Sorgen. Im Niemandsland fragte niemand nach Partein und Programmen, der eine Wille überbrückte alles. – Aber jetzt war ein echter Geologe dazugekommen, direkt aus dem Abgrund, Paul Günther. Als er, am ersten Tag, auf dem *Notgeld* Landrat Hänichens Schriftzug entdeckte, war er *ins Mark getroffen* – Hänichen? war noch da? und im Amt? – Sein Feind, der gegen die proletarischen Hundertschaften, im Jahr 23, die Schwarze Reichswehr rief. Günther verstand die Welt nicht und begann sie zu untersuchen. Er sah sich in den Schichten um, und den Fossilien, um die *Abweichungen* zu finden und zu verfolgen und, wie ein Markscheider, in seine Blätter zu tragen. Hänichen also und Rietzsch, der noch immer zehn Zimmer bewohnte. Hat Hänichen nicht zu den Amerikanern Kontakte bzw. den Russen, und ihn, Günther, einen Faschisten genannt? Er wußte es von Schieck: der aufrief, die Lehren von 1918 zu ziehen, wer hat uns verraten, Sozialdemokraten. Schieck, *der Renegat;* ihr naht euch wieder, schwankende Gestalten, und war nicht auch Schlemmer ein SPD-Mann gewesen? Jetzt forderte er, der *verhetzten Jugend* die Waffen aus den Kinderhänden zu nehmen, und war selber des Waffenbesitzes verdächtig; die Militärpolizei wird Haussuchung halten und schätzungsweise *vierzehn Pistolen* finden. – Hänichen, Rietzsch mußte er als erstes *zur Strecke bringen,* und Krauß als Dritten im Gremium, der Orgien feiert Wein Weiber. Das wird mehr als Berggeschrey geben.

Irmisch für sich. Macht; das Wort, weil Krause es immer zweimal aussprach *Macht Macht* klang ihm immer, als wenn einer das Sagen habe und die andern sollten tun. Sooft das Wort benutzt wurde, hieß es: nicht freiwillig, sondern gewaltsam; gewaltsam, und nicht gemeinsam. – Gewiß, sie folgten nur einem, dem elementaren Interesse. Aber sie hatten die Macht gepachtet, das war nicht die Weisheit.

Die *Letztmalige Aufforderung* Schlemmers, die Waffen abzuliefern und zum Flurschutz zu gehn, klang gerade wie: Die Republik ist in Gefahr! *Bedenkt, daß wir alle weiter leben müssen und wollen,* rief der Ortspolizist in der Zeitung, und meinte: in dem kargen Land, in der kargen Geschichte. Legt die Schüchternheit ab, sonst seid ihr verloren; als sei es die letzte Aufforderung, aus der Geschichte zu lernen. Für die Geschichte, die eben begann ... und sich verwirrte, denn die Kräfte, die noch im Kampf lagen, sahn sich plötzlich von fremden Mächten umstellt. Nicht die Planeten, nicht das Wetter (es war gnädig), die Sowjets und ihr Gewährsmann Günther nahmen Einfluß auf das Geschehen, aus ihrer unsichtbaren Sphäre. Auch Korb, der Draufgänger, ärgerte sich, als Günther ihn, in seinem Dienstbereich, *überging.* Er klagte Schlemmer sein Leid: Das sei nicht rechtens. – Das ist ungesetzlich, sagte Schlemmer. – Korb schwieg düster, und sagte froh: Es ist alles ungesetzlich. Daß wir Waffen tragen, ist ungesetzlich. Die Aktionsausschüsse, sind ungesetzlich. Alles was wir gemacht haben, sagte er mit düsterer Freude, war ungesetzlich. Wir haben keinen Richter über uns. Was wir machen, ist richtig oder falsch.

Demontage. Die Krauß-Werke blieben eine zukunftsträchtige Firma. Vater Kießling war Sonnabend den 23., nach Betriebsschluß, mit Löffler Heinrich verabredet. Es war ein historisches Datum, denn er hatte vor, seinem Sohn die Lehrstelle zu sichern. Laborleiter Löffler wollte Wolfgang seinen Arbeitsplatz zeigen. Er wartete auch wirklich am Pförtnerhaus und hielt ihnen beide Handflächen entgegen. – Was ist, fragte Kießling gespannt. Da winkte, *löffelte* er sie vom Wege und rief ihnen halblaut zu: *Die Russen sind im Gelände.* Kießling Vater sah den Jungen an, griff ihm nichtsahnend in die Jacke, förderte ein paar Patronen heraus und verteilte sie im Gebüsche. – Sie haben Krauß Emil, haben sie kommen lassen, gab Löffler durch. Vielleicht wird er verhaftet. – Der Aktionsausschuß war auch ungefähr informiert, und Krause, Irmisch, Schieck Georg standen vorn an der Straße. Sie gedachten, bei dem Anstandsbesuch mit dabei zu sein. Das Werk war unter ihrer Kontrolle, aber Vertrauen war besser. Jetzt würde sichs nämlich entscheiden, sagte Krause, wer die Macht Macht hat. Auf den Tag hatten sie Wochen (Jahrzehnte) gewartet; und käme er ohne Blutvergießen, dann durch *Volksentscheid.* Endlich kamen zwei Spähwagen aus dem Werkgelände gefahren, Soldaten und Offiziere darin und ein Herr mit breitkrempigem Hut. Den nehmse mit, sagte Löffler. Aber der zweite Wagen hielt und Krauß stieg aus. Sein dickes Gesicht war rot, der weiße Kragen schweißnaß. Er trat an seine Gefolgschaft heran und reichte jedem die Pfote, die sie nich ablehnen wollten. Jetzt konnte er ihnen ja leidtun mit seinem Besitz, seit zwei Generationen geschaffen. Schieck war hier gern Schlosser gewesen. Er merkte nischt in seim Gewissen. Weil der Gewinnler alles verlor, was se erarbeitet hatten. Das war die ausgleichende Grausamkeit, die waltet und dem das ihre entwendet. Er sah ihnen aber in die Augen, und nur sie blickten auf den eigenen Boden. Da sagte Krauß Emil: Sie haben sich alles genau angesehn. Es hat ihnen bestens gefallen, sagte er, und Tränen rannen ihm über die Wangen, *so gut gefallen*, und er klopfte Löffler an den Arm: *choroscho!* daß sie es mitnehmen wollen. – Ach, sagte Krause lautlos. – Was, was? fragte Schieck. Jetzt hoben sie scheu ihren Blick. – Wir wern demontiert, vollständig.

Das muß ich schreiben und nicht erleben.

Die *Belasteten* hatten tagelang Fischmehl geschaufelt, das vergoren schwärte in der ausgeloderten Lagerhalle. Sie mußten es mit angehaltenem Atem, während die Augen aus den Höhlen troffen und sie ein bellender Husten reizte, mit Schaufeln, die sie ganz ferne am Stielende faßten, in den Boden vergraben. Vier Stunden am Tag, die Arnold Oskar zählte, hatten sie lawede in der grünlichweißen stinkenden Modermasse gestanden, und nicht Bürste und Schmierseife lösten einmal die Schande vom Leib. – Die Frauenschaft sühnte auf leichtere Weise. Sie war ausersehn, die Diensträume, wo der neue Geist herrschte, von der alten Materie zu säubern. Die Arbeit eilte, zumal ein Vorauskommando der *Besatzung* sich ankündigte und Schlafplätze verlangte, nach seiner langen beschwerlichen Reise. Ins Privatquartier wollte man keinen nehmen, aber in die Schule konnte man mit ihnen gehn (denn andern Unterricht, als Not und Tat, gab es im Niemandsland nicht). Die Damen schritten, als Reinemachfrauen verkleidet, und von der Hilfspolizei bewacht, ans Aufbauwerk. Sie fegten und schrubbten die Flure, und wrangen, zum Erbarmen, die Scheuerlappen und leckten die Toiletten, um alles wiedergutzumachen. *Lötzsch dachte in deutschen Kategorien.* Eine jede mußte Bettwäsche mitbringen, einheitlich weiß, des friedlichen Eindrucks wegen auf die Soldaten. Frau Schuldirektor Döhnel, auf dem Weg zum Einsatz, zur Kießling: sie gäbe auch gerne zwei Garnituren, wenn die Russen ruhch im Bette blieben. – Sie sprach wie ein Engel, und es war eine paradiesische Vorstellung. Jetzt kam der Feind ins Reich, als wie in den Himmel. – Aber mancher ihrer lag im Eisschnee oder in blutiger Erde.

Romane des Jahrhunderts (Lieblosigkeit). Die Lehmann in Grünhain hatte ihren Mann *gehen lassen* in den Krieg/in den Tod. Das hatte sie in Kauf genommen. Er kam aber heil wieder. Wie er hastete, hetzte, an ihr vorbei. Er ist gleich durchs Niemandsland nach dem Westen gemacht. O je. Er hat sie stehengelassen. – Lang aus Rittersgrün war wieder in sein Ehebett gekrochen. O ja. Am Tag, als die Rotarmisten ins Niemandsland zogen, sollte er sich in Annaberg melden, Decke, Waschzeug, Marschverpflegung. *Na was das heißt, weiß man.* Aber als die Frau ihm nun wieder einen Essenträger Kartoffelsalat machte und die Decke zurechtlegte, war er so müde, war ers so müde geworden, daß er den Wecker nicht stellte und nicht schlief. Und als ers verschlafen hatte: und sie sagte, daß *ers verschlafen* habe, ist er am Hammerwerk hinten hinaus und sah, wie einer nachm andern um die Ecke lunschte und nich in Gefangenschaft ging; er aber gefangen saß in sowas von einer entsetzlichen Sache.

Die Russen kommen. Anneliese Neumann sah es so. Sie stand, mit zwei Freundinnen, im Garten hinter dem großen Gemüse- und Fuhrgeschäft. Sie wußte, was richtige Pferde sind. Es kamen zwei berittene Soldaten, die Säbel schwenkend, mit einem Panjewagen. Hinter her lief eine uniformierte Frau, und eine Kuh am Strick, die war am Wagen festgebunden. Es waren kleine Pferde, und arme Teufel. Die Mädels die sehn und gingen stiften. Denn man hörte, die Hölle war los; ihnen hat aber keiner mehr was getan. – Wolfgang Kießling sah oder hörte es so. Er war, um die Geliebte zu sehen, zur Kirche gegangen. Er fand in der großen Menge keinen Platz in ihrer Nähe, aber betete sie heftig an. Pfarrer Beyer *erging sich in Allegorien,* die Russen kamen nicht über seine Lippen. Sie kamen aber während der Andacht wirklich mit Panzerwägeln und Pferdefuhrwerken an. Kießling, als ganzer Mann, trat auf die Straße und sah verstreutes Stroh. Das waren Bauernburschen. Dann erblickte er sie auf dem Schulhof, wo sie, und es betraf den Klugen nicht mehr, die Lehrmittel zusammentrugen. Musik und Erdkunde waren wohl ihre Lieblingsfächer. Die Notenbündel, Instrumente und Landkarten wurden sauber, mit den Gardinen, verschnürt. Lötzsch führte einen Offizier vor diese Klasse und gab ihm irgendetwas zu bedenken. Der rief den Muschkoten auf, der Mitteleuropa auf den Wagen geschmissen hatte, unterwies ihn (laut) und schlug ihm mehrmals ins Gesicht, bis der, *der keinerlei Widerstand zeigte, hin- und hertaumelte.* Lötzsch sah zu Wolfgang herüber. Sein Gesicht sagte: *siehst du, es sind Befreier.*

Am 26. Juni kapitulierte Schwarzenberg. – Das Kräfteverhältnis, das jeden Kampf entscheidet, sah eben so aus, daß se eben entkräftet waren. – Aber am 17. Juni hatte sich noch, auf Rat des Bezirksausschusses, ein Industrieausschuß konstituiert zur Unterstützung der Betriebe bei der Verteilung der Roh- und Hilfsstoffe, zur Lenkung der Produktion und zur Organisierung der Lebensmitteleinfuhr in den Kreis. Das Leben war auf eigene wacklige Füße gestellt, die *Selbstverwaltung* begann. – Und sie endete. Der Landrat hatte die russische Anordnung, *An die Herren Bürgermeister,* schon am 24. in seine deutsche Schreibmaschine diktiert. Alle Aktionsausschüsse seien sofort aufzulösen (in der Menge: im Nichts). Die Bürgermeister und die bisherigen Ausschußmitglieder hätten die Pflicht, dem Wiederaufbau sowie der Aufrechterhaltung von Ruhe und Ordnung zu dienen. Unterschrift: in Vertretung *Irmisch*. – Es war ein bedingungsloser Sieg, denn auch die Antifa, mit ihren Sechstausendundmehr, sollte zwar nicht den Geist aufgeben, aber sich in Parteien verfügen. Denn es sollte, sagte das hohe Annaberg, neu und anders sein wie immer und überall. – Das war der Anschluß des unbesetzten an das Besatzungsgebiet. Die unentgeltlichen Aktionäre rutschten von ihren Stuhlkanten; *es wurden nun Funktionäre gebraucht*. Die Last war ihnen von den Schultern genommen, nur war es Krause, als könnte er nicht mehr gerade gehn. Die Freiheit war ein brotloser Beruf gewesen, wie jede andere Kunst; aber der beste, den sie ergreifen konnten. – Nach zweiundvierzig Tagen ihrer fantastischen Einsamkeit zog Kapitän Popow, mit zehn Soldaten und einer Dolmetscherin, die es eilig hatte, in die Kommandantur am Schwarzwasser ein, ohne daß Widerstand geleistet oder, mit den Tränen, gekämpft worden wäre, denn sie hatten die Freiheit nur geborgt oder gefunden; und besessen, um sie pflichtgemäß abzugeben. – In dem Fundbüro liecht se noch, und keiner fragt danach.

Der Jahrgang 29 war grade sechzehn Jahre, und nachdem die Älteren ihre Schicht verfahren und (noch) nicht wieder über Tage waren, stand nun das Jungvolk vor dem Mundloch. – Darin, dadrunten war das Leben oder der Tod. – Wolfgang war nicht groß gewachsen, das war ihm, und sein steifes Bein, einmal zugute gekommen. Jetzt wäre das, da es wenig Männer gab, nach denen sich sein Mädchen umsehn konnte, keine Behinderung. Er hatte die Hände frei und nur sie im Sinn, und suchte sie also. Am Schulzaun in Beierfeld war eine Gulaschkanone aufgefahren, über der ein Soldat *von mongolischem Aussehen*, einen weißen Kittel über der Montur, aufragte und, mit einem Holzlöffel, einen Brei in die Hände der Kinder pappte. Wolfgang hungerte. Er sah eine Weile erwachsen zu, und sank ein wenig zusammen. Er müßte sich nur einen Moment zurückverwandeln, um sich in die gierige Reihe zu stellen. Der Soldat schlug mit dem Beil Latten vom Zaun und ernährte sein Feuerchen. Kein Großer war in der Nähe. – Wolfgang hielt seine Hände hin, und zuckte von dem heißen Seim; als eben seine Frau über den Platz kam. Sie entdeckte das Kind. Es war besonders schlimm, daß es *Milchreis* war, was ihm an den Fingern klebte. Sie sah ihn verwundert und gar nicht verächtlich an; gleichmütig, wie man auf etwas blickt, das erst werden will.

Das unbesetzte Gebiet, das sich nicht herumsprechen konnte, blieb auch unter den Bewohnern nicht im Gerede, zu sonderbar war das Gebilde, vorläufig, rückständig und utopisch, anstößig für jeden Staat. Und nichts blieb ihnen von der Epoche im Gedächtnis, außer dem Hunger, der Unsicherheit, dem Abgeschnittensein von der Welt und ihren Waren. Und sie vergaßen diese Angst, diese Freiheit, in der sie sich selbst bestimmen und Gerechtigkeit üben konnten, und wußten wieder, was für sie das Beste war.

Ende der Geschichte. – Geschrieben nach der Rückkehr in die Vorzeit. Keine Gestalt und Begebenheit ist erfunden; Abweichungen von real existierenden Personen sind Zufall.

Im schwarzen Berg

Es war einmal, beginnt die Geschichte.

TAGWERKE

Da man nun einmal vor Ort hauen muß, gehen wir in den Berg, einmal da, einmal dort eine Schicht zu fahren, ein Flöz anzuschneiden und Proben zutage zu fördern; so tief wir eben gelangen und wo in der Gegenwart wir fündig werden. Das bergmännische Verfahren, so sehr es im Dunkeln gräbt, ist das der Literatur gemäße, und auch die Freude, das Bangen, ein Licht anzuzünden *(bei der Nacht)*, ist mir seit der Verdunklung im Krieg vertraut. Indes, wir kehren nirgends auf Dauer an; weshalb wir wohl *seltsame Bergleute* sind.

Die Ausbeute der Geschichte war, nach dem armen Verlauf, gering; und nicht einmal der Behauptung eines selbständigen Wegs, ohne die sog. Freunde und Führungsmächte, hat sie gedient oder der insgeheimen Hoffnung aufs eigene Tun und Lassen. Die rohe oder gediegene Kraft der Masse, vertan. Erst die Entdekkung der *ungeheuren* Ressource, die unter der alten Heimat lag und Unabhängigkeit, Wohlstand hätte verbürgen können, zog gewaltsam das Interesse auf sich, das nun ein fremdes war.

STRASSE DER BESTEN

Eigentlich war Sepp Wenig ihr Mann, aber mit einer *Wenig-Methode* war ihnen nicht gedient. Sie suchten also einen Max Mehr; doch es fiel ihnen noch rechtzeitig ein, daß hier beim Verles die Namen herumgedreht werden, Wenig Sepp, und *Mehr-Max* hätte einen besonders Langsamen meinen können. Es war dann kein Erz- sondern der Kohlehauer Hennecke, der den Helden gab, aber weil er zu viel Kohle brach und auf wenig Verständnis stieß, wäre weniger mehr gewesen. Es kam ja zuletzt nicht auf Mehr oder Wenig, sondern auf alle an.

Verkommenes Monument

Anfang des 16. Jahrhunderts wurde ein Wolfgang von Schweinitz in Meißen begraben, der sich, obwohl oder weil ihm der Zuname der Schöne anhing, nie im Leben hatte abmalen lassen. Er verfügte, daß sein Bild erst einen Monat nach seinem Tode, so wie man den Leichnam ausgrübe vermodert unter den Schlangen, in Stein gehaun werden dürfe. Ganz so nach dem Ableben eines Staates, der auch an schönen Vornamen trug; von dem erst, als er abgerissen und verscharrt worden war, die Medien ihre Bilder machten.

Das Hauptaugenmerk

Vor der potsdamer Universität im Neuen Palais sah ich eine Studentin eine wollene schwarze Mütze tragen mit langem Zipfel und Schellen daran und dem Signet: *outdoor.* Wäre es nicht gut, dachte ich, wenn alle vier Millionen deutschen Arbeitslosen, vor den neuen Palais, diese Schellenkappe trügen, um den Skandal auszuläuten?

Veteranenvertrag

Wenn unsere Nomenklatura ein wenig gebildet ... wenn sie gewieft gewesen wär, sie hätte dem italienischen Beispiel folgen und bei der deutschen Vereinigung einen Reststaat beanspruchen können, in einer Art Lateranvertrag, einen andern Kirchenstaat mit dem ZK und: der Museumsinsel.

Lebensanspruch

Ich, der ich Arbeit habe, und eine Frühstückspause, lese an die Maschine gelehnt: Einer der keine hat, und dem die Pause lang wurde, trat, mit einer Handgranate in der Aktentasche, an einen Tankwart in Cottbus heran und drohte, sie zu zünden, falls ihm nicht alsbald Gelegenheit würde, mit der Polizei zu reden: welche, als sie herbeieilte, unterrichtet wurde, daß er verlange, ins Gefängnis verbracht zu werden, damit er *ein geregeltes Leben habe.*

DIE JA-SAGER

In dem Lehrstück unseres Globe-Theatre tritt eine neue Gruppe Clowns auf, die *yes men,* die auf ihrer Website anbieten, den offiziellen Standpunkt der World Trade Organisation zu erläutern. So erschien Referent Hank Hardy Unruh in der Universität Tampere in einem Dress mit großem ausgeklappten Phallus, auf dem ein Monitor Produktions- und Börsendaten anzeigte, um dem mitgehenden Publikum den freien Markt zu predigen. In den Finanzzirkeln dürfen sie noch obszöner reden: nur den Großkonzernen sei das Wahlrecht einzuräumen, hingegen seien die Globalisierungsgegner durch natürliche Auslese zu eliminieren. Es versteht sich, daß man ihren absurden Vorträgen aufatmend lauscht.

DER BRAVE JUNGE VON SEATTLE

Für zumindest fünf Cents bot das Internet »die kaum benutzte Seele eines zwanzigjährigen Jungen aus Seattle« an. Der Verkäufer, Adam Burtle, ein Student, versprach nicht zuviel – er gehörte wohl nicht zu den Steinewerfern beim Gipfel; die Bieter hingegen, schrieb die Seattle Post, lieferten sich ein Gefecht. Eine Frau aus Iowa bekam, bei 400 Dollar, den Zuschlag, *wenn alles käuflich wird, wird das Unverkäufliche zur Ware.* Noch ist nicht geklärt, wie die Sache über den Tisch gehen soll; die Teufel, die auch mitboten, werden sich ihrer zu bemächtigen wissen.

ANONYME GEBURT

Eine Zwanzigjährige aus …, Astrid …, die ihre Schwangerschaft verborgen hatte, um ihren Ausbildungsplatz nicht zu verlieren, schickte, als die Schmerzen sie ängstigten, einen Hilferuf ins Internet. Die Mitarbeiterin des hamburger *Findelbaby*-Projekts, die morgens die E-Mails durchsah, antwortete sofort, und eine Stunde später wurde die Absenderin, über die Autobahn, während die Fruchtblase platzte, ins Krankenhaus gebracht. Die Hebamme, die nach ihrem Namen fragte, wurde, da die Preßwehen einsetzten, hingehalten und, nach der glücklichen Entbindung, mit *Astrid Lindgren* beschieden. Die junge Mutter verließ, als sie ihr Kind gesund sah, die Klinik; das Kind wurde von einer Pflegefamilie übernommen; aber die Person suchte es noch einmal auf: sich nun eines altmodischeren Mediums entsinnend und einen Brief hinterlassend, welcher dem Empfänger/dem Empfangenen irgendwann Nachricht von ihr geben wird. – Was die einzelnen Beteiligten an dem Fall für ein gemischtes Gefühl gehabt haben mögen: das aufgewachsene Kind wird es, beim Lesen der späten Post, scharf und gesondert durchfahren, Entsetzen, Scham und Rührung, wie uns, auf die die Geschichte kommt.

FANTASIEN DES LEBENS

Auch die erstaunlichsten Geschichten werden vom Leben immer wieder neu erzählt, selbst wenn ein Shakespeare sie schon gestaltet hat. In Bangladesh wurde im Jahr 1991, bei einem Wirbelsturm, ein siebenjähriges Mädchen von einer riesigen Welle aus den Armen des Vaters gerissen und weit ins Land geschleppt. Bauern fanden das bewußtlose Kind, nahmen es auf und adoptierten es. Khursheda rief man es; sonst wußte es nichts von seiner Herkunft zu sagen. Jetzt nach elf Jahren gelang es, die Eltern auszufinden, und die Verlorengeglaubte kehrte, eine junge Frau, zu ihrer erschütterten Familie zurück. – Aber das zivilisierte Leben verfügt über wildere Fantasien und läßt das Personal am Pier von Dover im Container verrecken oder vor der Küste Siziliens, vom Frachter geworfen, ersaufen. »Fünfzehn Tote lagen bereits in den Kühlhäusern Agrigents. Doch plötzlich tauchten diese schwarzen Flecken im Wasser auf, und die Küstenwache zog sie verlegen am Hemd, am Hosenbund in die Boote. Badegäste verfolgten vom Ufer aus das Schauspiel ...«

AUFGESCHOBENE HEIMKEHR. WIE VON HEBEL

Als der Soldat Franz Steeg vor sechzig Jahren bei Smolensk in Gefangenschaft kam, mußte seine junge Frau im Burgenland ein wenig auf ihn warten. Und als sie nach bangen Wochen erfuhr, daß er in ein Lager gebracht worden war zur Zwangsarbeit, entstand ein weiterer Aufschub. Und es war wohl viel Arbeit dort nach dem Krieg; so mußte sich die Liebe gedulden und sein Söhnchen ohne ihn wachsen. Aber Steeg ließ sich, im Sowchos, mit einer Russin ein, die bei den Partisanen gedient hatte, weshalb sie interniert wurden im Lager 58, im Lager 64 und im Lager 435. Nadjeschda hieß sie (die *Hoffnung*), und ganz hoffnungslos heiratete er sie; und meldete ihren niederschmetternden Namen nicht nachhause. Wie er dann 1950 entlassen wurde, fand man ihn in dem Personenstand, der eine Rückkehr noch einmal erschwerte, denn auch die neue Ehe mußte gelebt werden. So daß man ihn in Österreich nun aus den Augen verlor, aber hier hatte man eins auf ihn: und Angst (sagte Steeg) und *familiäre Gründe* hielten ihn fest, in Weißrußland als Lehrer; dort gestorben, hier Staatsbürger. Unterdessen fielen die Atombomben auf Japan, der Eiserne Vorhang ging nieder, Deutschland wurde geteilt und wieder vereinigt, und Lissabons Altstadt verbrannte. Stalin starb, der Mond wurde betreten und Lumumba ermordet, und der Rinderwahnsinn brach aus. Der Ostblock bröckelte, und die Polkappen schmolzen. Die Baikal-Amur-Magistrale wurde feriggestellt, und Aids grassierte, das Schaf Dolly wurde geklont, und das Jahrtausend ging lärmend zuende. Die Türme des World Trade Center fielen immer wieder auf dem Bildschirm zusammen, und in Genua prügelten Polizisten schlafende Demonstranten. Man weinte keine Träne mehr um ihn, und seine Nachkommen mehrten sich. Als aber ein Historiker aus Wien im Jahr 2002 in Moskau in den Archiven grub, stieß er auf den Verschwundenen, der unerwartet noch existierte. Die Kriegsfolgenforschung ereilte ihn, worauf der Säumige, leichten Fußes, in die Heimkehr willigte. Er ließ sich von einer Enkelin begleiten, und fünf Enkel empfingen ihn; aber seine Frau und sein Sohn erlebten die Ankunft nimmer. Auch war er ein hinfälliger und kranker Greis, und auch wenn er den Mund zum Lächeln geöffnet hat, sie hätten mehr mit Schmerz als mit freudigem Entzücken die liebe Gestalt umfaßt, die länger auf sich, als ein Mensch aushält, warten ließ.

DIE LANGE SCHICHT

Der Bergmann Oswald Barthel wurde im Jahr 1508 in der Zinngrube am Sauberg verschüttet, und keine Seilfahrt konnte ihn aus der Tiefe bergen. So war es eine lange Schicht geworden, als er die Haue hingelegt und in sein Sterben gewilligt hatte. Nach sechzig Jahren wurde sein Leichnam unverwest gefunden. Kein Zeitgenosse war noch vor Ort, und wenn noch einer gelebt hätte, er hätte den Kumpel vergessen gehabt über der Reformation, dem Bauernkrieg und dem großen Aufschwung Sachsens. Man wußte nicht mehr: hatte er sich sein Unglück selbst zuzuschreiben durch kühnen Abbau, war fahrlässige Technik schuld oder ein schlagendes Wetter. Pfarrer Raute sagte, wie er ihn feierlich beisetzte: Heute begrab ich einen, der ist fünfunddreißig Jahre vor meiner Geburt gestorben. Der war in der Epoche des Berggeschreys zu Gange, der utopischen Zeit, als man sich den sechsflügligen Schnitzaltar hatte leisten können. – Es kann auch eine *Gesellschaft* verunglücken und verschüttet werden, 1989 an der Mauer. Man hat über Tage gearbeitet, im Braunkohlenland, und keine Seilschaft hat sie retten können oder wollen. Es war, als rutschte die ganze Formation zusammen. Nun muß sie eine lange Schicht verfahren, weil sie ihr Werkzeug abgegeben und ihre Lehre ausgedient hat. Nach sechzig oder sechshundert Jahren wird sie, wie immer verwest, gefunden werden. Kein Genosse erlebt es mehr, und er hätte den Arbeiterstaat vergessen über der Postmoderne, den Hungermärschen und der Globalisierung. Man wird sich fragen: hat sie ihren Untergang selbst herbeigeführt durch kleinmütiges Planen, war soziale Großzügigkeit schuld oder die Großwetterlage. Die Gesellschaft, die ihrer gedenken werden wird, wird sagen: Hier begraben wir eine, die so lange vor uns gescheitert ist. Die war in der Epoche des Fortschrittgereds im Gegängel, als man das monumentale Panoramagemälde in Auftrag gab.

GEMÜNZT AUF DIE HERRSCHENDE KLASSE

Ihr Arbeiter und Bauern, hofierte Helden
Der Arbeit und Wartezeit, Verdiente Erfinder
Des Fortschrotts, schuldig beschißner Bescheidenheit
Von euch wird die Ruhmrede gehn: Die fürchteten nichts
Nicht einmal ihre Enteignung. Die Auszeichnung
Wird man euch anheften.

Antike Prägung, von Kavafis poliert, neugestanzt im Jahr 10 nach den Großen Vorznden.

DIE LITERATUR ALS BERGWERK BETRACHTET. EPITAPH FÜR FÜHMANN

Der Franz ist eingefahren, unter großen Strapazen, mit viel Gezähe, mit Streckenplänen, und ist nicht weit gekommen. Man müßte ihm nachsteigen, aber sein Streb ist verschüttet, und wo er die Sprenglöcher setzte – »Parteilichkeit, Schriftsteller im Arbeiterstaat« – fährt kein Hunt mehr hin. Der ganze Schacht ist stillgelegt. – Die »bergunterhöhlende Arbeit«, jeder Handschlag vom Tod geprüft, »hier unten werden Küsten gewonnen, nicht westwärts, sondern hinab in die Zeit«: und er wußte jählings, das war sein *Ort*. Was ihn am Bergwerk entflammte, war dies Geworden-Sein, Angelegtsein, »nicht nach Willkür irgendwelcher Begründer, es mußte so wachsen, wie das Flöz lief«. Arbeit hieß, das Angelegte weiterführen nach Notwendigkeiten. – Es wird an vielen Orten gehaun und geschaufelt (auf der Seite liegend, auf dem Holzbrett), von Tausenden, unbekannt miteinander, einsam in ihrem Stollen hockend, ohne Vorstellung von dem ganzen Gehäuse, und verbunden durch die namenlose Kunst am dunklen harten Material. – Er mußte viel taubes Gestein bewegen; die Langeweile, die Gefahr. Durch das Deckgebirge dringen, um im Untergrund zu sein, wo die unauffälligen, elementaren Vorgänge liegen, das Wirkliche, Ganze. Vor allem würde er in sich selbst absteigen, »in den Irrgang dessen, der ich doch selbst bin« – eine grandiose Spätschicht, die schnell endete, da ihn die Schmerzen überwältigten, »Symptome der unerträglichen Ohnmacht vor der unbewältigten Gegenwart«. Der Bruch mit den Funktionären der Grube erschwerte den Vortrieb und radikalisierte ihn; vielleicht hätte er den Einbruch von 1989 erleben müssen, um zum Durchbruch zu kommen. Nach seiner ersten Einfahrt notierte er den irritierenden Hinweis eines Kumpels in der Lohnhalle: da fehlt was; nämlich neben UNSEREN BESTEN die Namen der Verunglückten; zu denen er auch gehört: er ist *im Berg geblieben.*

MITTENDRIN

Am Ende des 2. Weltkriegs wurden immer jüngere Jahrgänge gezogen, Halbwüchsige, die aus Kinderschuhen in die Militärstiefel stiegen. Hans Mittendrin, ein Bub aus dem Erzgebirge, ein Mann am Ostwall; und im November 1944 abkommandiert zur Armee des berüchtigten Generals Schörner. Auf die Nachricht von der Kapitulation warfen die Soldaten, in einem verwunschenen Dorf, die Gewehre in den Bach und behielten nur Fahrzeuge und Pferde, und den einen Gedanken: *an die Elbe;* dort stand der Amerikaner. Sie wurden an der böhmischen Grenze von einer Division Russen und Polen gefangengenommen, die die ganze Armee in Bad Schandau, in Hotels und Pensionen, verwahrte, ohne weitere Bedienung. – Es war aus. Für wie lange? – Ihr habt aufzubaun, was ihr zerstört habt. – Da sie aber wußten, wie es in Polen und Rußland aussah, konnten sie ihre Rechnung machen. Eines Tages wurden sie alle hinausgetrieben auf den Marktplatz, vor ein Gerüst, auf dem einige Offiziere standen und bei ihnen ein Kerl in Drillichhosen und rotem Hemd, ein befreiter russischer Kriegsgefangener (wie sie in den ersten Wochen noch auf freiem Fuß waren), welcher, anstatt dem Kommandanten zu dolmetschen, sofort über die zitternd sich ordnende Menge weg trunken schrie: Ihr alle nachhause! Nie mehr Krieg! Im gleichen Moment machten die Tausenden eine Kehrtwendung wie auf dem Exerzierplatz, dergestalt, daß sich Mittendrin, der sich am Ende des

Feldes hielt, plötzlich an der Spitze einer Massenbewegung befand, die wieder der eine Instinkt jagte: *an die Elbe.* Sie rannten Hals über Kopf, ohne des Geschreis der Russen zu achten, zur Anlegestelle hinunter, wo ein Boot dümpelte, ohne Ruder; Mittendrin und ein Kamerad sprangen hinein und waren gleich mitten im Flusse. Das Boot trieb auf die Eisenbahnbrücke zu, auf der, wie in einem Käfig, die Flüchtigen wieder Aufstellung nahmen; ein Posten, ins Wasser starrend: Stoi!, ballerte in die Luft; aber sie schossen froh entsetzt auf der Strömung hin bis Königstein, wo es sie an Land schwemmte. Sie wurden dort, in ihrem soldatischen Zeug, nicht beachtet: und wurden es los; und marschierten rasch, wie Wanderer, querbergein. In jedem Dorf, an jeder Kreuzung steckte ein Trupp, der sich die Landser griff, aber die beiden Jungen, auch der Stiefel ledig, kamen durch. Der Zufall wollte es, daß die Scheide zwischen Russen und Amerikanern durch eben das Gebirge ging; Gefahr von beiden Seiten; Mittendrin kannte nun aber jeden Steig. Der erste Anblick des Amis wie folgt: in einer fensterlosen Bretterbude für das Wintergerät, in dessen Wand er eine Öffnung gebrochen hatte, durch die er die Füße streckte, über die hinweg er die steil abfallende Straße von Hartmannsdorf bis Limbach im Auge hielt. Mittendrin wich auf den Schleichweg und betrat, über den Zaun, das Elternhaus. Solange die Amerikaner im Dorf lagen, blieb er verborgen, kein Entlassungsschein, beim Einzug der Russen war es ratsam, sich zu melden. Es zeigte sich nun, daß er noch immer einem Kind gleichsah, kurze Hosen, der Nischel um die Granatsplitter geschoren und jodgefleckt, Gasmaskenbrille. Das war ein vorteilhaftes Aussehen beim Verhör, zu dem man ihn, aus dem Sandkasten, holte; die Auskunft: man habe ihn laufenlassen, war verständlich. Ohne Entlassungsschein aber keine Lebensmittelkarte, wie sollte er durchgeschleppt werden? Die Genossen (zu denen der Vater bis 33 gehört hatte) halfen im Rathaus bei der Verwandlung und nahmen die Vergangenheit von dem kleinen Rücken. Er durfte Kisten nageln für die Demontage. Sie waren auf die Zukunft aus; und das Leben begann.

Nach der Wende im Jahr 1989 mutierte der Mann zum Greis. Er ließ sich nicht evaluieren: der Weltgelehrte, von was für Winkelgeistern. Er wurde abgewickelt mit dem Institut, und *sah nun alt aus*. Er wurde, mitten in aller Bewegung, in den Ruhestand versetzt. Und schlich, ein Rentner, durch die Rabatten. Nur von dem Leben dazwischen war nicht mehr die Rede, seinem Leben, in dem er Mittendrin gewesen war.

BEGRÜNDETE UNTAT

Es gibt grundlose Verbrechen, die ihre Erklärung finden, und es gibt erklärte Kriege, deren Gründe nicht zu halten sind. – Der Soldat Manuel Pina Babbitt, genannt Manny, Sohn eines schwarzen Einwanderers von den Kapverden, mit siebzehn Jahren ins US Marine Corps aufgenommen und in eine saubere Uniform gesteckt, ein Analphabet zum Kommandoton fähig, nach Vietnam geschickt und in die Schlacht um Khe Sanh geworfen, welche siebenundsiebzig Tage dauerte, von denen er sieben, wegen eines Granatsplitters im Kopf und Gedächtnisausfall, auf dem Lazarettschiff verbrachte, wurde kaum zwanzigjährig aus der Armee entlassen, doch der Krieg ging in seiner Seele weiter: dergestalt, daß er, noch elf Jahre später, im sonnigen Sacramento, wohin ihn sein Bruder Bill flüchtete, am Abend des 18. Dezember 1980 *feindliches Feuer* hörte, an einer *Hütte* die Tür eintrat, der Bewohnerin mit zehn Schlägen Gebiß und Schädel zertrümmerte, die Leiche *(body count patrol)* mit der Bettdecke zudeckte und mit einem Strick am linken Knöchel *markierte,* mit der blutigen Hand zum *Feldtelefon* griff, um den *Helikopter* zu rufen, und sich ein paar *Andenken* sicherte. Bill brachte den Kranken zur Wache. Manny sagte verständig: »Wenn ihr sagt, daß ich das war, wird es stimmen.« Im Gefängnis von San Quentin wurde er 1999 mit dem *Purple Heart* der Navy geehrt und hingerichtet.

WISMUT

Nachdem man die Vertriebenen losgeworden war, wurden die Bergleit einquartiert. Sie trieben es ärger, und indem sie aus der Tiefe kamen, ging es oben hoch her. – Frontsoldaten und andere Abkömmliche, *abdelegiert* zur SAG (Sowjetische Aktiengesellschaft), *es war Runk und Strunk dabei.* Die Ansässigen mußten die gute Stube *hintun,* und die kamen ungewaschen aus dem Schacht, und schwarz vom Ruß, weil sie auf den Wagendächern fuhren und die Notbremse zogen, um auszusteigen, und hängten die erzhaltige Kluft in den Keller. – Wismut war ein Deckname, an dem man kratzen mußte, um auf die Pechblende zu stoßen und auf das Uranerz zu kommen. – Nicht nur unter Tage, auch über Nacht hausten sie wie Exterritoriale. *Am meisten hatte die Polizei zu leiden,* die keine Knüppel tragen durfte, aber den *Spezialisti* die Schleppe; die machten die Wismut zum Staat. – Paul Günther, seinerseits Experte, sah sich von den Elementen umgeben. Die Landesbehörden rieten ihm, die Bergleute aufzuklären, und er *ersuchte diese Instanzen,* ihm beim *Aufklären* zu helfen, und Stahlhelme aufzusetzen, damit ihnen *beim Aufklären von den Elementen* nicht mit den leeren Schnapsflaschen der Schädel eingeschlagen würde. Somit rückte ein hundert Mann starkes Kommando unter Führung *eines gewissen Rolle* nach Johannstadt aus. Es war ein 13., der Lohntag. Diese Armee hatte sich noch nicht vor dem Bahnhof formiert, als sie schon von einigen tausend Arbeitern *machtlos gemacht* und eingekesselt war. *Wie betrübte Lohgerber* mußte das Rollkommando abziehn. Nun wurde die Landesleitung der Gewerkschaft zur *Klärung* geschickt. Günther fuhr sie in nietneuen Bussen, aus denen das Spaltleder geschnitten war, nach Eibenstock. Ungünstigerweise erwartete die Ansammlung dort die Holztransportwagen, in die jeder zuerst einsteigen wollte, so daß sie mit dem Pickhammer hantierten. Ein Gewerkschafter, heißt es, wollte sie *zur Vernunft bringen,* worauf die Menge ihm rechtens erwiderte, ihm müßten sie erst arbeiten lernen. Nun war die Landesparteileitung am Zug und *versuchte ihr Heil*, sie sollten sich also wie anständige Werktätige benehmen. *Das wirkte bei der Rotte, wie ein rotes Tuch.* Günther hatte seinem Chauffeur, Bochmann Paul, der im November 18 in Kiel dabeigewesen war, den Befehl gegeben, die Pistole zu entsichern. So standen sich die Elemente, jedes mit seinem Arbeitsgerät, gegenüber, und die Staatsmacht behauptete das Feld, *bis die ganze Bande abgefahren war* in eine andere Geschichte. – So hat man sie aber einige Jahre gesehen, eine herrschende Klasse, die sich nicht vertreten ließ, sondern auftrat wie sie es gelernt hatte im Krieg und in anderen Kämpfen, geschlagen und unbesiegt, verkauft und beraten, Landser, die Aktivisten wurden, Unholde Helden, ein altes Geschlecht, das durch die Zeiten geht.

MÜHLFRITZ

In der Mitte des 19. Jahrhunderts war im obern Vogtland die Fronablösung im Gange, eine in die kargen Fluren einschneidende Reform. Man war die Dienstbarkeit los, aber die eignen abgemessenen Äcker waren nun die Herrschaft; und der Grund für neues Dulden, Klagen und Streiten. Bei der Messung und Rainung traten nämlich Ungereimtheiten zu Tage, und der Richter in Erlbach, Johann Friedrich Braun, wurde wohl oder übel hineingezogen. – Übel, der Name fällt. – Wer war Fritz Braun? (Er gab selber Bericht.) Des kränklichen *Mühlfritzen* erster Sohn, der dem Vater hatte zur Hand gehen und Müller lernen müssen, und die schwere, seinem Körperbau nicht gerechte Arbeit und der Mehlstaub hatten bald Folgen gezeigt, Brustschmerzen, Blutspucken. Er hatte aber die Mühle käuflich angenommen und, als sein Bruder Wilhelm volljährig gewesen, dem seinen halben Anteil, unter allerlei Zwang und Zwicken, abgetreten, ohne selbst sein ferners Fortkommen zu wissen. Wilhelm war, weil er heiraten wollte, von seinem künftigen Schwiegervater, dem älteren *Übel* (und *großen Girgconrath zu Gopplasgrün)* unter Druck gesetzt worden: *Sehe nur, daß du den Großen (als mich) aus der Mühle bringst, dann kriegst du ä mein Maadel.* Fritz war also aus seiner Carriere geworfen und dann durch eine unternommene Speculation, mit einer Schankwirtschaft in Plauen, verunglückt, war dem Holzhandel und Getreidehandel obliegend, weniger als leidlich, indem man mit Böhmen im Preis concurirte, und hatte noch jedes Jahr *ein Deficit in seiner Rechnung gefunden.* – Mühlfritz hieß er noch, als *alles Glück u. aller Seegen von mir gewichen.* – Nach der gerichtlichen Rainung trug sich nämlich zu, daß aus dem Gemeindewald, dicht an der Grenze zu Gopplasgrün, zwei junge Fichten entwendet und vom Beyer Karl *wechgefahren wurden.* Der gab an, auf Übels, des Jüngeren, Geheiß gehandelt zu haben; welchselber geltend machte, daß nicht nur die fraglichen Bäume sondern der ganze Wald ihnen, den Übels, gehörten. Braun, in die Gerichtsstube bestellt, wurde von Direktor Schneider gefragt, was die Erlbacher nun gesonnen seien, er rate zum Verklagen. Braun (erlaubte sich dies): *ob es nicht beßer wäre, wenn wir, statt zu klagen, Besitz von dem streitigen Punkte nähmen.* Schneider drauf: *Dieses geht auch an.* Der Gemeinderat wurde zusammengeholt, und am folgenden Tag *sofort das Holz auf gedachter, uns streitig machender Waldspitze gefällt.* Übels Klage wurde abgewiesen. *Vorstehendes ist alles die Ursache, warum namentlich der kleinere Übel einen Haß auf mich warf und auf Gelegenheit zur Rache lauerte. Mir jedoch unbewußt.* Er sollte sie haben. Denn Fritz war unbesonnen genug, am Weihnachtsabend, als sein Putzbäumchen nicht kam und er Weib und Kinder bedrückt sah, sich selber eines zu schneiden, unbekümmert, auf wessen (dem Gopplasgrüner) Besitztum er sich befand. Gerade aber, als sollte es so sein, rief ihn einer von hinten an, denn er war auf dem Rückzug, und der jüngere Übel, als er ihm die Stirne zeigte, grinste: Kein schönes

Bäumchen, aber es soll dir dieses teuer kommen. Braun erwiderte erbleichend: *Nun wegen dieses Bäumchens wird kein Lärm seyn.* Allein, Übel machte ihn. *Sey es, um Übeln zuvorzukommen, oder um sich auf alle Fälle sicher zu stellen, kurz, Herr Gerichtsdirector Schneider verabfaßte einen Bericht an die Kreisdirection, worinnen er mich in Allgemeinen als rein unbescholdenen Mann atestirte, die vorberegte Klage als eine Malice schilderte und die Anfrage stellte: ob ich dessenohngeachtet meiner Ämter entlassen werden müßte.* Die Sache ging ans Oberappelationsgericht nach Dresden, das entschied, daß Braun infolge seines Vergehens als Richter zu entlassen und ein andrer Ortsvorstand zu wählen sei. *Es war am Himmelfahrtsfeste dieses laufenden Jahres 1846, wo mich H. Gerichtsdir. Schneider in seine Expèdition kommen ließ und mir den Bescheid vorlegte und sich entfernde, um mich meinen Betrachtungen zu überlassen. Ein starrer Schmerz ergriff mich nach Lesung des Resultats und ob gleich mir Schneider zur Beruhigung Hoffnungen machen wollte, so wollte mir dieses nicht wohl einleichten. Ich entfernte mich wieder und ließ auf dem Wege nach Hauße meinen Thränen freien Lauf. Sie waren heilend und ruhebringend; beßer ist es, dachte ich, unrecht gelitten, als unrecht gethan; betrübend ist es freylich, dieser geringfügigen Ursachen halber, von Ehrenämtern entsetzt zu werden, wenn es auch gesetzlich recht war.*

Zum allgemeinern Elend, an dem Braun, in seiner Hantierung, dem Getreidehandel, teilnahm. Dürre, die Ähren taub, das Korn stieg im Preis auf 6 bis 7 Taler der Scheffel. Die Kartoffeln brandig, ekelhaft und leichenfarbig. So kam der Frühling des gefürchteten Jahres 1847. Regierung und Korporationen sahen sich veranlaßt, *die ärmern Claßen so viel wie möglich zu trösten. Auch hatte man dazu alle Ursache, indem zugleich der Verdienst stockte. Schon im Interesse der wohlhabenden Personen waren Vorkehrungen nothwendig.* Man verschaffte den Armen gemeinnützige Arbeit, und Komitees ließen ihnen billig Getreide ab. *In Bezug auf mich. Man meint, daß der Handel eines Ardickels, welcher mangelt, gut geht. Hier aber konnten nur solche gewinnen, welche im Winter schon Einkäufe machten auf Speculation; je größer die Einkäufe, desto gewinnreicher.* Er hatte zwar etwas Getreide eingekauft gehabt, welches auch seine pro Cente trug, zu wenig indes, um bei der Teuerung auszureichen. *In Bezug auf ihn* schritt auch die Krankheit fort und nahm ihm Atem und Kraft, so daß er *endlich nicht Vorwärts sondern Rückwärts kommen* mußte. Er schrieb sein Dasein nieder nur für seine Kinder, so sich eines interessierte, *wo nicht, nun so habe ich bloß umsonst geschrieben.* Und trat noch in das Jahr 1848 ein und erlebte *das sich ereignende Politische,* und krönte, wo Könige fielen, seinen Bericht:

Wie ein Zeigen des allgemeinen Aufstandes brach die Revolte beinahe in ganz Deutschland aus. In Leipzig und München steckte es zuerst an. … Das Volk erwachte vom Schlafe, es wollte das schon längst ihm versprochene System einer freiern Entwickelung zur Selbständigkeit in Erfüllung gehen sehen; es wollte nicht mehr, wie die Kinder, bevormundet und Zuviel-

regirt sein. Die Fürsten in augenblicklicher Verlegenheit sahen ein, wie nothwendig es ist, unter diesen Umständen (wenn auch bloß zum Schein) nachzugeben; dem Volke Verheißungen zu machen, Volksversammlungen zu gestatten und aus dem Volke Männer erwählen zu laßen, welche über die Einheit Deutschlands berathen sollten. ... Die Aufgabe ist schwierig; man beendete eben jetzt, wo ich dieses niederschreibe, die Grundrechte des Deutschen Volkes, welche Arbeit, wie es scheint, mit wenig Ausnahme, mit Freuden aufgenommen, und am 18ten Januar 1849 ins Leben treten soll. Ernst ist die Zeit! Die Völker, nach der einmal, in Anstrebung nach ihren Rechten, geschehenen Aufregung, lassen sich nicht so leicht wieder in das alte Gleis bringen, welches hingegen die Fürsten und deren Höflinge möchten. Das alte, ihnen nämlich den Fürsten viel behaglichere System der Reaction, zu welchem ihnen die vielen Höflinge und Beamtenhascher so gerne behilflich sind, wünschen sie, wieder zurückkommen zu sehen. Eine große Anzahl dergleichen Reactionäre u. Rückwärtsschreitler sitzen in der Frankfurther Reichsversammlung, welche, wie deutlich genug zu sehen, (zu ihrer Schande) zu Gunsten der Fürsten und aus Eigennutz, der guten Sache entgegen arbeiten. Thatsache ist es, daß man dort ernstlich damit umgeht, einen erblichen deutschen Kayser an die Spitze zu stellen und dazu den König von Preußen wählen will. Man hoffet und fürchtet allso vom nächsten Jahre viel.

November 1923 besetzte die Reichswehr Sachsen und löste die Arbeiterregierung auf; und die Jagd begann. – Ernst Schneller rief die Illegalen zusammen, es lud also den Umständen entsprechend der *Musikverein Rose* ein. Sie reisten summend nach Hohenstein-Ernstthal, von wo sie nach Kuhschnabel *dirigiert* wurden und sich wie zur Probe im Gasthaus versammelten. Schneller, der an der Tür saß, wollte sich erst ein Bild machen von ihrem Können; wie stark ihre Hundertschaften seien und über was für Instrumente sie verfügten – Maschinengewehre, Handgranaten, Pistolen usw.; sie sollten das säuberlich auf das Papier setzen, damit man Klarheit habe, wenn es zum *Einsatz* käme. Kaum hatten sie aber komponiert, als die Tür aufgerissen wurde und ein Oberleutnant vor sie trat und ihre unklare Lage derart konkretisierte: Sie sind verhaftet. Der Chor verstummte nun ganz vor Schreck, denn wenn diese Noten in befugte Hände fielen, wären sie alle zum Hochverrat qualifiziert. Aber Schneller sprang auf und sagte mit lauter Lehrerstimme: das sei keine verbotene Versammlung, hier tagten kommunistische Gemeindevertreter und berieten die kostenlose Totenbestattung. – Der militärische und gar nicht musische Ton machte Eindruck, und der Oberleutnant warf die Pfote an die Mütze: Mit wem habe ich die Ehre? – Landtagsabgeordneter Schneller. – Entschuldigen Sie, Herr Schneller, da muß ich beim General nachfragen. Die fünf Soldaten bleiben hier. – Die hatten jetzt, mit aufgepflanztem Bajonett und Handgranaten am Gürtel, die Aufsicht in der Pause, und Schneller trat leutselig unter sie: Sie erlauben doch, daß ich meinen Genossen jedem eine Birne gebe? – Und aus seiner Aktentasche nichts weiter angelnd, und den Soldaten den Rücken kehrend, schnitt er die Birne auf, steckte Papier hinein und malmte das alles genüßlich. Seine Genossen, die ihm am Munde hingen, sehn etwas, was du nicht siehst, und die Reichswehr durchschaute ihn nicht. Er ging nun herum und schnitt jedem eine Birne auf, und sie aßen jeder, auf die gleiche begierige Weise, die erlaubte Frucht, von dem gefährlichen Baum der Erkenntnis. Als dann der Oberleutnant zurückkam, hatte der General befohlen: Alles verhaften. Sie nahmen die schmierigen Hände hoch und tappten die Treppe hinunter und wurden auf die Lastwagen geschmissen. Es war dann ein Tanzsaal in Callenberg, wo sie tagten und nächtigten, um die Grätschstellung zu lernen, und wenn nach langen Stunden die blutleeren Arme sanken, schlugen die Schweine mit den Gewehrkolben gegen die Ellenbogen. Der Gedanke aber, daß sie was im Magen hatten, hielt sie aufrecht. Es war vielleicht die letzte süße Mahlzeit für Tage.

Einmal verlangte es ihn, oder ich bringe etwas durcheinander, eine deutsche Weihnacht zu feiern. Er klingelte am Heiligabend, und sein Dolmetscher fragte Paul Günther, ob es angenehm sei. Günthers saßen bei Klößen, Sauerkraut, Hirsch- und Hasenbraten am Tisch. Es schmeckte dem Oberstleutnant des NKWD; so etwas Schönes, sagte er, da auch der Boom und der Weihnachtsberg brannten, habe er noch nie erlebt. Seine Familie sei klein, denn sein Dorf in der Ukraine, das weiß ich genau, war 1942 von der SS besetzt worden, seine Frau mit dem Gewehrkolben hingemacht und sein zweijähriges Kind gegen das Scheunentor geschmettert worden, nur die Achtjährige hinter Johannisbeersträuchern verkrochen hatte überlebt. Laschenko gefiel, oder bringe ich es durcheinander, die deutsche Gemütlichkeit, und den zehn zwölf Kindern mittags vor seiner Dienststelle, die mit ihm mitliefen, gab er am Kasino Butterbrote, Tränen lachend erklärend: er sei bei den Deutschen kinderreich geworden.

DIE GESCHICHTE VON SCHWARZENBERG

Als die Amtshauptmannschaft Schwarzenberg in den Mai- und Junitagen 1945 unbesetzt blieb, die Russen machten am 13. Längengrad halt, die Amerikaner zogen sich an die Mulde zurück, fanden sich die Leute in den zwanzig Dörfern und Städten im *Niemandsland*. Denn niemand war zuständig für sie, wie sollten sie nun versorgt werden? Über den Erzgebirgskamm fluteten die versprengten Soldaten, in den Lagern noch die Gefangenen, in den Wäldern Marodeure, und die Straßen überfüllt von Flüchtlingen. Pflanzenfresser waren sie längst, sollten sie Erde essen? – Wenn man sie später nach dieser Epoche befragte, wußten die Einen noch von der Not, den Wirren, dem bangen Warten auf die Besatzer. Sie waren auf Hamsterfahrt gegangen und hatten auf den Trittbrettern gestanden, die so tief hingen, daß sie an den Bahnsteigen Funken schlugen. Die Andern, Wenigeren erinnerten sich an ein Zupacken, an das Regeln notwendigster Dinge. Sie hatten sich Waffen beschafft und die Rathäuser besetzt und den Gauleiter Mutschmann, mit nackten Füßen, an den Pranger gestellt. Aber ein Dritter, gar nicht dabei gewesen, wollte zur Sache kommen, zum Sozialismus, zur Selbstbestimmung. Er schrieb schon mal die Verfassung auf einer legendären, einer Freien Republik. Er schrieb die Geschichte zurecht. Da aber jeder seine eigne Erinnerung oder Vorahnung hat, kränkt ihn die des andern; man weiß nur, was man selber erlebt hat. – *Was war dran an der Geschichte?* –

Das Geschehen selber aber war das alles: eine schlimme Zeit, eine bewegte Zeit und eine, die schwanger ging, und das war wie Stränge eines Seils verwirrt und verbunden. Wenn man es packte, und das zusammenbrachte, wäre es schon ein anderes Ding ... Hat denn das Seil keine *Seele?* Das riß aber alles auseinander und zerfaserte, schon indem es geschah ... Und hat nicht einer hier einmal, Max Hoelz, ganz über die Stränge geschlagen? Und mit seinem Vollzugsausschuß die Fabrikbesitzer in Schrecken versetzt? Auch das ein Wissen, das mitzudenken war gerechterweise, weil es ganz unvergeßlich war. Vielleicht mußte das Notwendigste mit dem Möglichsten bekannt gemacht werden, denn das lag in dunklen Schichten durcheinander ... und das Geschehen war als dieses Geschichtete zu begreifen, Mühe und Arbeit über- und untereinander, Lebensgänge, die sich überfuhren und förderten, Flöze von Energie und Sedimente von Trägheit und Vergeblichkeit, arm und mächtig und ergründlich, die *Geschichte.* – Aber man *weiß* nun, daß (um uns doch an dem Seil zu halten) noch andere Kräfte dran zogen: und das State Departement insgeheim beschlossen hatte, der geschlagnen Wehrmacht ein Schlupfloch zu lassen, um sich diese Reserve zu sichern. Der Kalte Krieg hatte vor dem Frieden begonnen, und Schwarzenberg spielte seine unbegriffene Rolle. Ein Laienspiel, das der Ami grinsend, der Iwan verblüfft verfolgte, bevor das agitatorische Stück abgesetzt wurde. Aber auch diese Mächte wußten das Wichtigste noch nicht, die tieferliegende, die auszubeutende Wahrheit, die *Wismut* hieß.

DIE GESCHICHTE VOM SCHWARZEN BERG

In dem schwarzen Berg, in dem wir uns befinden, Völker, Staaten – in Not und Ungewißheit die einen, die andern harsch handelnd, Projekte machend die dritten – und alle wissen eine Welt, und die andern können darin nicht leben –
»Die Geschichte wiederholt sich nicht, doch wo etwas nicht Geschichte wurde und Geschichte nicht gemacht hat, wiederholt sie sich durchaus«, sagte Bloch, was ich, eben darum, wiederhole.

ANEKDOTE AUS DEM VOGTLÄNDISCHEN AUFSTAND

Als Hoelz, eben aus dem Gefängnis befreit, seinen neuen Steckbrief sah, die Kopfprämie ist wieder erhöht, sprang er in Falkenstein, um die Spießer und Spitzel aufzuregen, durchs Fenster des Schützenhauses auf die Bühne und, nachdem er ein paar Worte gesprochen, wieder hinaus. Der Anzeiger meldete, er sei mit dem Automobil entkommen, aber so leicht wollte sichs der Kerl nicht gemacht haben; und sein kaltes Blut beweisend, ging er am hellen Tag, und ohne jede Begleitung, zurück in die Stadt. – Ich versichere Sie, hieße es bei Kleist, daß wenn ein paar Draufgänger mehr, wie er, unter den Kommunisten gewesen, die Reichswehr das Vogtland nie hätte nehmen können. Hoelz – und ich folge nur seinen Worten – *geht langsam durch einige Straßen*, die Leute bleiben bedeppert stehn, halten ihn für eine Erscheinung oder geben zu, daß er mit sich eine verdammte Ähnlichkeit habe. Dann marschiert er zum Rathaus, direkt in die Wache, und sagt vernehmlich: Guten Tag, ist alles in Ordnung? – Nun er ist ein Kind des Todes, müßte Kleist vermerken, aber er – ei was, überliefert: Die Beamten rühren sich nicht mal vom Platze. Sie erwidern seinen Gruß, und als er noch einmal laut und durchdringend fragt, antwortet einer: Ja, alles in Ordnung. Darauf er: Schön! und macht kehrt, und geht langsamen Schritts die hundert Meter zum Kaffee Meier, läßt sich bei den Stammgästen nieder und verlangt einen Kaffee. Und: Beeilung, ruft er der Wirtin zu, die erblaßt, sonst trinken ihn die Gendarmen. Und wirklich, wie er hinausweicht, legen zwei Polepempel Hand an ihn, aber Popp Paul, der ihn gesucht hat, läßt einen Knüppel blicken, was die bewegt, zu laufen und sie laufen zu lassen. – Diese und all die Geschichten könnten für erfunden gelten, aber ich kenne keinen, der, selbst vor den Sonderrichtern, ehrlicher berichtet hätte.

MÄRCHEN DES VORSCHEINS

In einer Zeit, als das Wünschen nicht half, ließ Hoelz, der *gemeine Verbrecher,* am Donnerstag plakatieren, daß im Kaufhaus in Chemnitz Freitag sei. Das glaubten die Armen der Gegend, und die Reichen ließens gelten, denn sie verstanden zwar nicht die Sprache, aber den Ton. Darum öffnete der Besitzer die Türen, und die Habenichtse strömten hinein. Und sie durften sich bedienen, und er durfte nicht schreien, denn an den Kassen standen Bewaffnete; so hat sich keiner verausgabt. Noch nach Jahren murmelte man in den Läden, bis ins Mansfeld hin, wenn eine anschreiben ließ: Hoelz bezahlts. – Dies ist wohl eins der Märchen, die der Philosoph der Hoffnung meinte, und die nicht ohne Grimm zu erzählen sind allen Gebrüdern.

ORT DER BELLENDEN HUNDE

Im Wappen der Crawshays die Bulldogge und Kanonenkugeln. Sie nannten ihr Eisenwerk *Cyfarthfa*, Ort der bellenden Hunde. Richard, Bauernsohn aus Yorkshire, verstand sich mit der arbeitenden Klasse, und Merthyr Tydfil wurde die Eisenstadt. William zog in Crawshay Castle ein, eine neugotische Burg über dem lehmigen Taff-Tal, wo die Arbeiter hausten. Die Verständigung wurde schwierig, es lag nicht am Englisch, nicht am Walisisch, es war das Jaulen und Knurren. Den Aufruhr 1831 ließ er niederschießen und zwanzig räudige Tote beklagen. Robert, der letzte *Iron King*, speiste vom Familiensilber und hörte nurmehr ein Gekläff. Er sperrte die Streikenden aus; mit Arbeitern verhandelte er nicht. – Der Turm des Herrenhauses zeigt in drei Richtungen die Zeit, nur zum Tal hin fehlt das Zifferblatt. Aber oben und unten wußte man, was die Stunde schlug. Wo schlägt mein Herz. In Crawshays Villa Hügel, der freie weite Blick von den Zinnen und Türmen auf die feuerleuchtende Werkstatt. Oder im Qualm, im Getöse des Tals, Zwölfstundentag, der Lohn fünf Pence, Dreck, Cholera. Der Klassenstandpunkt ist aufgerufen. Ich Wanderer im Museum der walisischen Landschaft, durch die die Industrie ging – Schlackenberge, die ein Imperium erinnern –, habe keine Wahl. Ich stehe auf beiden Seiten, »unversöhnlich«, um den Konflikt zu kosten. – Als sich die Fronten nach Monaten, Jahren verhärteten, schloß Robert Thompson Crawshay 1874 sein

Werk; sagenhafte Konsequenz, die in die Zukunft wies. Um seinen Sarg wurden Eisenketten geschlungen, die Ketten, die die Proletarier zu verlieren hatten und nichts sonst, als die Arbeit.

DIE SAGENHAFTEN BISCHOFFERÖDER

Ich habe gehört, daß die Bischofferöder Tränen ohne Salz weinen, denn es bleibt in der Erde liegen.
Nicht nur die Unternehmer erlauben sich jetzt sagenhafte Dinge, auch die Arbeiter machen einmal von sich reden.
Sie stehen vor dem Mundloch, es ist zugemauert. Wer konnte der Erde das Maul verbieten?
Zwanzigtausend sind abgebaut worden als wie taubes Gestein, aber die Siebenhundert stehen wie eine Wand.
Sie arbeiten nicht für den Hunger, sie hungern für Arbeit, glückauf.
Die Arbeit liegt unter den Füßen für vierzig Jahre, aber sie sollen sie anderswo suchen, das macht keinen Sinn.
Das Salz ist weiß und hart, und die Männer sind weiß und hart wie Salz. Aber man kann sie nicht brechen.
Da, sie gehen auf den Straßen, und werden nicht mehr und nicht weniger; die am Straßenrand sind alle tot.
Und wie sie nicht mehr und nicht weniger werden, fassen sie mehr Mut.
Da ziehen sie hin an den Ort, wo sie verkauft und beraten werden. Da stehen sie wie die Gespenster in ihrem zerfaserten Ehrenkleid. Da hungern sie, blaß und müde, und dieser Bissen macht sie nicht satt.
Kanzler Kohl hat eine blühende Landschaft versprochen, und wirklich blüht im Eichsfeld der Löwenzahn.

DER ARME UND DER REICHE. ZEICHNUNG VON PETER WEISS

Zwei Männer in inniger Abhängigkeit, der eine barfuß schreitend, der andere auf seinen Schultern sitzend. Der Sitzende lässig lastend, mit feistem Gesicht, der Blick verträumt in die Ferne gerichtet, das Haupt in die rechte Hand gestützt, der Ellbogen auf den Nischel des Trägers, dessen Haare klatschnaß in die Stirn hängen, das Gesicht zerfurcht oder von Blut überlaufen, der Blick abwärts gekehrt zur Seite, nicht auf den Weg, den der Obere weist mit dem Stock, der auch zur Züchtigung dient. Der dicke Leib des Einen steckt in einer Art Turndress, für den Sport, den aber der Andere treibt, in ökonomischer Haltung: gebeugt, die Linke auf dem Schuh des Chefs gelagert, die Rechte ruht auf dem Schenkel, mechanischer Schritt. Der Boden ist ausgespart, wie der Himmel, man kennt die Erde, die sie treten, und ihre verfluchten Gedanken. Sie scheinen einander vergessen zu haben, aber sie bilden eine Figur, des Reichen Fleisch, die Knochen des Armen, dessen Kopf im Magen des Reichen denkt. Sie gehören zusammen seit unvordenkbaren Zeiten, aneinandergeschmiegt, so daß man eine rohe Idylle sieht. Das gewohnte Bild, die *Ordnung,* jeder geht seiner Arbeit nach. – Jetzt scheint die Konstruktion auseinandergenommen, von einem postmodernen Künstler, der des Sujets überdrüssig ist. Der Reiche hat seine verräterische Position verlassen, den Körperkontakt mit dem Elenden. Nicht daß der ihn abgeworfen hätte – wo das geschehn war, will der den Bedrücker gerade wieder umarmen. Aber er benötigt den Untermann nicht mehr. Es sind Erfindungen gemacht worden, Entdeckungen, die den Knochenlanger ersetzen. Der Mechaniker mit seinen eingespielten Bewegungen, seiner Berufserfahrung sieht sich von der Last befreit und steht arbeitslos in der Ecke. Er verdrückt sich in die Büsche, auf die Parkbank mit seiner Bierdose. Er ist überflüssig, und der Knecht könnte, hofft der Herr, von der Bildfläche verschwinden. Arm und Reich sind nicht mehr beisammen. Das ist kein Fortschritt in der Malerei, aber ein Fortschritt der sog. Menschheit. »Von welchem Standpunkt aus man sie auch betrachtet, die Armen haben keinen Nutzen; die Vagabunden sind nichts weiter als die häßliche Karikatur der Touristen ... Das ist das wirklich Neue in einer Welt, deren tiefgreifende Transformationen, zuweilen aufgrund einer optischen Täuschung, zuweilen zur Beruhigung des Gewissens, ›Globalisierung‹ genannt werden.« Die Einheit/Abhängigkeit war aber, sagt Zygmunt Bauman, die Bedingung für eine, wie auch immer marginale, Solidarität, die die halbherzigen Bemühungen antrieb, das Elend zu lindern. Mit dieser Barmherzigkeit ist es vorbei. – Aber der Arme und der Reiche werden sich wieder begegnen, auf einem Blatt, das nicht von Pappe ist.

HANGENDES, LIEGENDES

Das eine liegt eben unten, im Dunkeln, Nassen. Der massige Boden, wie hingeschüttet oder eingestampft. Das ist seine Lage seit alters, so wird es gebraucht. Darüber, in gehörigem Abstand, die junge harsche Schicht, die man mit hölzernen/eisernen Stempeln stützen muß. So ist das gefügt, so lange der Berg steht. Dazwischen läuft das reiche Flöz, in das sie sich beißen. – Das ist das Erzgebirge. – In der breiten Masse hatten sie alle Platz, in der Stanzerei, der Zinnerei oder Emaille; sie *mußten froh sein, irgendwo reinzurutschen.* Dann wurden sie einberufen ins Feld, das Schlachtfeld nämlich, und ihre Frauen machten die kriegswichtige Arbeit. Oben aber (in den Villen am Hang) saßen die Besitzer und rechneten wie Adam Ries. Sie mußten, sie durften das Heer beliefern. Statt Wellner-Silber für die festliche Tafel die massiv gezogne Kartusche, statt Niers Sturmlaterne die Handgranate. Bei Reinström & Pilz lief die *Schnellaktion Panzerfaust* an und bei F. A. Lange der *Dringlichkeitsauftrag Bombenmassenabwurf.* So war man tätig und *hatte ganz schön zu kämpfen,* weil man hat leben müssen. – Einmal kam es zu einer Verwerfung, die das Gefüge sprengte. Dem Volksentscheid über die Enteignung der Kriegsverbrecher stimmte die Menge zu, die die Sache von unten sah. Nicht daß sie nicht mit der Oberschicht zusammenhing; der Reichtum stand dazwischen, und es war die Gelegenheit, sie loszuwerden. Da kam das Untere hoch und warf das Hangende zu Bruch, und das Obere brach ein und ließ das Liegende gradestehn. – Das war die Zeit fast der Gerechtigkeit. Man hatte freilich nur ein Häuflein abgetragen und nicht die Welt umgestürzt: der Berg keuchte weiter mit dem alten Gezähe; man arbeitete fort in der gleichen *Formation;* es war dieselbe Sohle, auf der die Geschichte ging.

DAS HEMD DES ZUFRIEDENEN

Der Herrscher war krank, und bekanntlich heilt ihn eine glückliche Nachricht aus seinem Land. Nicht eine, wie sie in den Zeitungen stand, sondern eine wirkliche, die man wie ein Hemd tragen kann. Man ließ sogleich die Schränke durchsehen und prüfte, was man auf dem Leibe trug, aber in seinem Zentralkomitee saß ja kein glücklicher Mensch, und auf der Straße war ehrlicherweise eine solche Botschaft nicht aufzutreiben. Man konnte einfach die Verantwortung nicht übernehmen. Da sagte der Herrscher: Wer spricht denn von Glück! das *Wohl* des Volkes ist es, das uns am Herzen liegt. Richtig, sagten die Räte, ja Wohl, jawoll, das Hemd eines Zufriedenen ist die realistische Losung und die Rettung unseres Großen Vorzenden. Man machte sich also wieder auf die Suche, und am besten gleich unten im Volk, wo man nicht zuviele Rechnungen macht oder Skrupel kennt, und wurde bald fündig. Ein unentbehrlicher Facharbeiter, an seiner alten langsamen Maschine, zeigte sich mit der Entwicklung im Land sowie seiner persönlichen Lage *zufrieden*. Er gab die Montur bereitwillig her (und bekam den Kittel eines Abteilungsleiters), und man brachte sie hinauf zum Herrscher, der sie sich anzog. Und so regierte er. Und weil der Stoff aber nicht haltbar schien, setzte man die Kampagne fort und hat überall aus der werktätigen Klasse und den verbündeten Schichten weitere Erfolge gemeldet. Die gepflegten Werkzeugmacher, bei Laune gehalten: zufriedene Leute; die Leiter, nicht eben gefordert: konnten fast von Glück reden; von den Trägern der Uniformen zu schweigen. Der Herrscher gesundete, war wieder rosig und mächtig. Die angenehme Kleidung wurde, dafür durften die Zeitungen sorgen, Mode, Kledasche, die jedem *paßt,* von der Stange wie Fahnentuch. O märchenhafte Gesellschaft; sie hatte ihre Bewandtnis. – Als der Herrscher das Hemd nun lange getragen hatte und es längst fadenscheinig war, wurde er plötzlich grau im Gesicht, sehr hinfällig und schwach; und ging, wie das ganze Land, daran zugrunde.

OHNEHEMDEN
(FÜR RUDOLF BAHRO)

In Rußland erzählt man das Märchen anders: sie reiten also aus dem Kreml bis in den entferntesten Winkel des Reichs, um das Hemd eines Glücklichen zu holen, bis in den Schneesturm und die Finsternis, und müssen umkehren, doch dort hinten in dem Wald ist noch ein Rauch, den Herd suchen sie noch auf. Und dort Gesang, ein Gelage, sich *glücklich* preisende Leute – und den, der es ausspricht, reißen die Reiter aufs Pferd und jagen mit ihm nach Moskau zurück, wo des Jahres und des Zaren letzte Stunde schlägt. Als sie ihren Mann nun aus dem Pelz schälen, aber hat er kein Hemd an: so arm ist er. – Stellte sich nicht die Frage: sollen wir den Hund (den Herrscher) nicht verrecken lassen? – Aber während seine Zeit vergeht und immer knapper wird, kann ich das Märchen zu Ende bringen: a) der Einzige nimmt, in seiner Not, Interesse am Vielen, dem Volk – das belebt ihn; b) der Erste, jetzt hängt er ab vom Letzten, den man finden muß – das stürzt ihn in Panik; c) den Höchsten erreicht die niedrigste Nachricht, die tödlich ist – die er gerade noch Kraft hat zu begreifen. Das *Ohnehemd* ist der Tod der Herrschaft, so oder so. Ist das das nackte Elend oder bloße Bedürfnislosigkeit? Er könnte vielleicht ohne seine Wäsche auskommen, und keiner trüge das Kleid der Macht (an dem Gedanken stirbt er; aber er denkt jetzt nicht an sich): und man könnte viele Anmaßung abtun, aber nicht ohne Ansprüche leben. Es ist nicht die Lösung, das Hemd einfach auszuziehn, weil, kleiden muß man sich, auch noch im Tod. Man könnte aller Arbeit entsagen, um nicht die falsche zu tun, und es aufs Glück der Verweigerung treiben; das nichtig ist. Der Tod läßt ihm Zeit, den Widerspruch zu kauen. Die Logik der Rettung ist nicht die Alternative.

EINE ANDERE WELT

Während der *Wende* in der Deutschen Demokratischen Republik wurde an das nie Gemachte gedacht und die Ungelegenheit wahrgenommen, auf die Verheißungen zu pochen. Die Formen könnten zu ihren Inhalten kommen und das Eigentum nicht nur besessen, es könnte darüber verfügt werden, und die Demokratie nicht nur auf allen Adressen genannt, sie könnte von den Empfängern beansprucht werden. *Eine andere Welt war denkbar*; *aber nicht möglich*. – Jetzt ist die Welt vorangekommen und über alle Aussicht hinaus, und in diesem verzweifelten Zustand beginnen die Bauern in Indien, ohne auf eine Bewegung zu warten, für sich selbst zu handeln, und die Landlosen in Mexiko, ohne nach Theorien zu fahnden, für sich und alle zu kämpfen. *Eine andere Welt ist nicht denkbar*; *aber möglich*. – Es muß aber, sieht man, eine Welt sein, in die viele Welten passen.

HANDEL UND WANDEL

In den letzten Jahren des sozialistischen Deutschland konnte man mich sagen hören: man müßte eine Stadt wie Leipzig – verfallene Vorstädte, unansehnliche Fassaden – noch einmal drei Jahre dem Kapitalismus überlassen, damit Grund hinein kommt. Gesagt, geschehn; und tatsächlich, das Bild hat sich sichtlich zum Guten gewandelt. Die Läden, die Lokale leuchten, die Verkehrswege instandgesetzt, die Bausubstanz gerettet. Allerdings sind die übergebenen Fabriken nun zahlreich stillgelegt, die sanierten Häuser werden panisch verlassen, und neue unerwartete Mißstände breiten sich aus. Das sogenannte Elend; und es erwacht eine Sehnsucht, etwas von den vorigen Zuständen zurückzuerlangen. Aber freilich ist die Veränderung nicht für drei sondern ewige Jahre gemacht, sie nennt sich *irreversibel.* Bei einer Volksbefragung – sichere Arbeitsplätze, niedrige Mieten – würden ohne weiteres 30 Prozent für die Wiederkunft des Sozialismus stimmen, und noch etliche mehr, vorausgesetzt, er wollte nur zur Beseitigung des Unrechts dienen und Gleichheit herstellen und sich im übrigen wieder abwählen lassen. (Geheim und frei: wie die anderen Verhältnisse sind.) Überhaupt drängt sich der Gedanke auf, ob sich Staatswesen nicht aller Jubeljahre umwälzen sollten, damit sie auf eine neue Basis gestellt würden und das schier Unlösbare wieder seine einfache Lösung fände. – Heyms Fiktion der freien Republik Schwarzenberg, die eine demokratische Verfassung anmahnte, war eine schlichte, wahrhafte Utopie; meine Fiktion des Wechsels der Zeiten ist eine unglaublich komplizierte. Und sie ist doch die *Hoffnung des Volkes!* Die bewegliche Gesellschaft, die fähig wäre, sich zu besinnen und sich aus sich selbst zu reißen, in einem Zyklus von Siebenjahrplänen aus Handel und Wandel, Revolutionen und Konterrevolutionen, Aufsichtsräten und Räterepubliken. Das wäre der Stoff eines grandiosen Zukunftsromans, des wirklichen west-östlichen Divans. Ich kann ihn nicht schreiben.

KÖNIGSBERG. ODER: PROLOG ZU EINER JEDEN KÜNFTIGEN HALTUNG, DIE ALS LITERATUR WIRD AUFTRETEN KÖNNEN

In Schwarzenberg konnten die Flüchtlinge nicht bleiben; wo war nun ihre Zuflucht? – Hier: – Die Stadt war aber so gänzlich zerstört, daß man davon absah, das Häuflein, das nicht übers Frische Haff geschwommen war, zu vertreiben. Die Deutschen hatten in den nassen Augen ein Bild bewahrt, dessentwegen sie auf die wüste Stätte starrten. Es liefen auch Litauer, Polen und Russen mit blanken Augen in die Stadt, trotzdem man vor dem Nichts stand. Es war nicht ausgemachte Sache, aber nach dem Krieg nur natürlich, sie miteinander zu besiedeln. Man suchte die Straßen und Gassen, und nur an den Ruinen war ein Halt; und wäre aber wohl ohne die kunstsinnigen Polen, die schon das deutsche Danzig hatten wiederauferstehen lassen, nicht ans Werk gegangen. – Man stand vor dem Nichts, aber es entstand etwas in der Welt, *das allen in die Kindheit scheint und worin noch niemand war.* – Mithin, es geschah, und was leben und handeln wollte, war im Einvernehmen. Mochten die Staaten draußen, in ihren verschobenen traurigen Grenzen, Furcht und Feindschaft nähren, hier kostete man Vertrauen. Man sprach in vier Zungen, so daß in der Stadt wieder, mit Kant zu reden, Kenntnis der Menschen und der Welt, »auch ohne zu reisen, erworben werden kann«. Die Vier-, die Vielvölkerschaft war zugleich ihr Schutz vor allen militärischen Zumutungen, sie mußte in kein Bündnis, sie war das Bündnis. Dies wäre also der offene, zukünftige Platz, wo die Vernunft wohnt, und ihr Beispiel »vergißt sich nicht mehr, weil es eine Anlage und ein Vermögen in der menschlichen Natur zum Besseren aufgedeckt hat, dergleichen kein Politiker aus dem bisherigen Laufe der Dinge herausgeklügelt hätte«. – So redet er. Aber das Gegenteil wurde wahr und Königsberg, anstatt der utopische, der archaischste Ort. Keine Freistadt, eine Festung, militärischer Sperrbezirk, eingeschlossen die Lebenden und ausgelöscht die Toten. Nicht einmal eine Geisterstadt; ein Machtbereich, der sich den banalen Namen Kalinins gab. Ich setze keinen Fuß hinein; aber in ihrem erneuerten Bild werde ich mein Leben verbringen.

BERGALTAR, MIT CARLFRIEDRICH CLAUS

Annaberg, in grauer Zeit, ein werktätiges Gehäuse. An den Hang gelehnt aus Bequemlichkeit, weil man alles aus der Erde gräbt und schürft. Somit wird jeder gebraucht und verbraucht im sichern Gedinge, die Muldenträger, Karrenschieber, politischen Haspeldreher: Alletagelöhner, Posamentenmacher bis zum Ende der Fahnenstange. Und alle aus dem selben weichen Holz gehaun, Best- und Schlechtarbeiter, Mühselige und mit Losungen Beladene, bewußtlos am Werk und vertröstet auf ein anderes Leben. Aber einer schaut heraus aus dem volkseigenen Schnitzwerk, zugegeben: auf dem rückwärtigen Bild, in das man hinaufgelangt durch den Heizungskeller des Kinos (GLORIA PALAST), tabakbraune Wände, bekritzelt mit einem Text, der eine Landschaft ist, die ein Denken darstellt. KONJUNKTIONEN, EINHEIT UND KAMPF DER GEGENSÄTZE IN LANDSCHAFT, BEZOGEN AUF DAS KOMMUNISTISCHE ZUKUNFTSPROBLEM NATURALISIERUNG DES MENSCHEN, HUMANISIERUNG DER NATUR. Hier ist er zu finden, unbemerkt von den Nachbarn, aber weithin verbunden durch Gedankengänge, Tag und Nacht. Hier, in der Mitte der abgeschabten Tafel, an sakrosankter Stelle steht er mit geradezu visionärem Ausdruck – ein Selbstausbeuter wie alle, Arbeit an der eignen Person, entwickelt er in sich Widerstandskraft, zentrierenden Willen, der im Blick aus dem Bild herausgeht, auf Künftiges. Zwei Regeln: »neben der Kraft, einem Realitätsaspekt nicht zu verfallen, die andere: an der Stelle, von der her Bewußtsein als Verhängnis erscheint, zu verharren, solange zumindest, bis es gelingt, im Erfahren des Grauens, beginnenden Erstarrens eine Verwandlung einzuleiten«. Eben das (sagt er): daß Wirklichkeit zahllose Gesichter hat, und keins alleingültig sei, keins ganz wahr, doch von einigen ein Sog ausgeht, der uns fordert und zur Tat reißt. »Der Realität, die vernichtet, nimmt man sie nur wahr, nicht ausweichen – in ihr tätig sein, handeln, auf andere Wahrgebung hin.« Hört man nicht, an dem profanen Altar, ein experimentelles Gebet, für die Weltrevolution?

UNBESETZTE GEBIETE

Wenn ich mir etwas näher komme, auf dem trüben Feld, erkenne ich, daß auch ich mich in einem besonderen Gebiet befinde, das zu niemand gehört. Eine unklare Stimmung herrscht darin, und eine merkwürdige Erwartung brütet drüber. – Es ist ein Durchzugsgebiet, natürlich; Wind und Wetter, Sprühregen, ein Jauchehimmel: Ströme von Bildern, verwischte Gestalten, marodierende Nachrichten. Das pladdert herein, gewaltsam, unaufhörlich, Reste von Kriegshandlungen, Hühnerkadaver. Wie soll ich das unterbringen, diese zudringlichen Flüchtlinge versorgen. Es fehlt nicht an Lagern und Losungen: gleißende, verdorbene Waren; Verheißungen, Sonderangebote! Die Plätze, die Tische sind vollgestellt, besudelt, belegt mit Müll und Gerede. Aber seltsam, das überlaufne Terrain bleibt fast unberührt, nichts dringt in die Tiefe, nichts hält sich auf Dauer. Es wird da, seit Jahren schon, nichts mehr ernst genommen. Und das ganze unablässige Treiben nicht als Leben akzeptiert. Ringsum, hinter den Grenzen, deren Verlauf ich nicht genau kenne, wird von Fortschritt geredet, von Rückschritt, von Reformen – hier sind das leere Worte, hier setzt sich kein Gedanke fest. Ein *Niemandsland,* tatsächlich, und Verlorenheit macht sich breit; *man hat uns vergessen.* Ich warte; ich warte auf die Besatzer (die Amerikaner? die Russen?), es ist ein Harren auf ein unausweichliches, hartes Ereignis. – Oder ist es die Stunde, selber zu handeln, und die lebenswichtigen Dinge in Gang zu halten? Zu den

Waffen zu greifen ... das Rathaus zu besetzen. Mögen die meisten die Not, die Ungewißheit, die *schlimme Zeit* umkreisen – einige Gedanken könnten sich sammeln und sich *konstituieren*. Um das Nächste, das Elementare zu bedenken ... Vielleicht ist diese abgelegene elende Lage die Chance, meine unwiderbringliche Möglichkeit. Um Mut zu fassen, und das Überleben zu organisieren. *Das öde Feld belebt sich, meine Seele.* Und von niemand ernannt, von niemand bestimmt an die einzigartige Arbeit zu gehn.

THEATERHÖLLE

Ich stehe am Bühnenrand und starre auf die Handlung, die sich verläuft am Strand, Schaum und Abschaum der Menschheit. Ich habe keine Sprache dafür oder vergesse die Hälfte, und die andere lebt von meinem schlechten Gedächtnis. Wie soll das Stück ausgehn, das vom Leben eingeholt wird, der Terror betritt den Schauplatz TOD DEN TOURISTEN am Traumstrand von Bali. Absurde Regung der Wirklichkeit, blutiger Einfall, auf den man kommen muß, um das Leben nicht zu verfehlen. Es reißt die Handlung an sich, ein wahnwitziger Selbstdarsteller, unbekannten Unglücks, das Mitspieler sucht; die toten Statisten die Stars und kein Ende der Vorstellung. Während ich noch überlege, wie das die Komödie ändert, wird die Bühne, führt denn Schleef Regie, von Männern in Kampfanzügen besetzt. Ein Musical NORD-OST im Kulturhaus der moskauer Kugellagerfabrik, der harmlose Volkstanz der Vaterländischen Geschichte, und vor dem Happy-End wird sie gewaltsam Gegenwart. Der Terror logiert im Theater, im Saal sitzen die Geiseln. Die Fabel DER STELLPLATZ DER WIDERSPRÜCHE, das Herzstück des Dramas; die Requisiten sind Gewehre, und die Souffleuse würgt der Brechreiz. Der Autor, der nicht mehr gebraucht wird, wartet im Schneetreiben auf die Verwandlung der Zuschauer in Flüchtlinge. DER ZUSTAND DER ZUSCHAUER IST STABIL. ES HERRSCHT EINE GESPANNTE RUHE, die Notdurft wird im Orchestergraben verrichtet. Mitten im Parkett ist eine Bombe plaziert, Frauen in schwarzen Burkas, Sprengsätze am Leib, ruhen in den hinteren Reihen. WAS WOLLT IHR DENN fragen die Platzanweiser. Die Antwort schluckt das Schlafgas. Was bleibt, sind Wiederbelebungsversuche, vergeblich wahrscheinlich, weil die Dosis zu hoch war. Ich bin mit der Kunst am Ende; nur die Übertreibung ist wahr, kein Theater mehr ohne die Vorstellung, daß es zur Hölle wird, keine Kunst ohne den Traum, die Wirklichkeit unmöglich zu machen.

INHALT

Die Ausbeute schien schier unerschöpflich, und plötzlich war das Erz fort. Einem träumte, er hätte nur noch allein im Schacht gehaun. Da rief ihm eine Stimme zu, glückauf. Der Berggeist riet ihm, die Arbeit aufzugeben, da ihr Glück sie hier verlassen habe. Sie sollten weiter ins Gebirge gehn, bis zu einem Ort, den er nicht näher beschrieb.